U0532095

i
imaginist

白先勇作品

想象另一种可能

理想国
imaginist

纽约客

白先勇 著

九州出版社
JIUZHOUPRESS

图书在版编目(CIP)数据

纽约客 / 白先勇著 . -- 北京：九州出版社，2024.
12. -- ISBN 978-7-5225-3415-2
Ⅰ . I247.7
中国国家版本馆 CIP 数据核字第 2024QQ2380 号

纽约客

作　　者	白先勇 著
责任编辑	周　春
出版发行	九州出版社
地　　址	北京市西城区阜外大街甲35号（100037）
发行电话	（010）68992190/3/5/6
网　　址	www.jiuzhoupress.com
印　　刷	山东韵杰文化科技有限公司
开　　本	850毫米×1168毫米　32开
印　　张	8
字　　数	140千
版　　次	2024年12月第1版
印　　次	2024年12月第1次印刷
书　　号	ISBN 978-7-5225-3415-2
定　　价	69.00元

★ 版权所有　侵权必究 ★

二十世纪六十年代台大留影

二十世纪六十年代爱荷华河畔留影　　　　初到加州大学教书留影

二十世纪六十年代在纽约中央公园留影

二十世纪七十年代在西雅图与作家们合影

二十世纪七十年代在西雅图与杨牧、张系国、刘绍铭、李欧梵、陈若曦合影

二十世纪八十年代在柏林与齐邦媛、陈若曦、李欧梵合影

二十世纪八十年代在洛杉矶与谢晋导演合影,时拍摄电影《最后的贵族》(改编自《谪仙记》)

二十世纪八十年代在洛杉矶与《最后的贵族》女主角潘虹合影

二十世纪九十年代台北留影（谢春德摄影）

登幽州台歌

陈子昂

前不见古人
后不见来者
念天地之悠悠
独怆然而涕下

目 录

1　　谪仙记
27　　谪仙怨
36　　夜 曲
63　　骨 灰
83　　Danny Boy
104　　Tea for Two
150　　Silent Night
173　　初版后记

附录

177　从国族立场到世界主义 / 刘俊

187　对时代及文化的控诉 / 胡菊人
　　　论白先勇新作《骨灰》

196　跨越与救赎 / 刘俊
　　　论白先勇的 *Danny Boy*

209　白先勇年表

谪仙记

慧芬是麻省威士礼女子大学毕业的。她和我结了婚这些年经常还是有意无意地要提醒我：她在学校里晚上下餐厅时，一径是穿着晚礼服的。她在厨房里洗蔬菜的当儿，尤其爱讲她在威士礼时代出风头的事儿。她说她那时候的行头虽然比不上李彤，可是比起张嘉行和雷芷苓来，又略胜了一筹。她们四个人都是上海贵族中学中西女中的同班同学。四个人的家世都差不多地显赫，其中却以李彤家里最有钱，李彤的父亲官做得最大。那时她们在上海开舞会，总爱到李彤家虹桥路那幢别墅去。一来那幢德国式的别墅宽大堂皇，花园里两个大理石的喷水泉，在露天里跳舞，泉水映着灯光，景致十分华丽；二来李彤是独生女，她的父母从小把她捧在掌上长大的，每次宴会，她母亲都替她治备得周到异常，吃的，玩的，布满了一园子。

慧芬说一九四六年她们一同出国的那天，不约而同地都穿上了一袭红旗袍，四个人站在一块儿，宛如一片红霞，把上海的龙华机场都照亮了，她们互相看看，忍不住都笑弯了腰。李彤说她们是"四强"——二次大战后中美英俄同被列为"四强"。李彤自称是"中国"，她说她的旗袍红得最艳。没有人愿意当"俄国"，俄国女人又粗又大，而且那时上海还有许多白俄女人是操贱业的。李彤硬派张嘉行是"俄国"，因为张嘉行的块头最大。张嘉行很不乐意，上了飞机还在跟李彤斗嘴。机场里全是她们四人的亲戚朋友，有百把人，当她们踏上飞机回头挥手告别的当儿，机场里飞满了手帕，不停地向她们招摇，像一大群蝴蝶似的。她们四个人那时全部是十七八岁，毫不懂得离情别意，李彤的母亲搂着李彤哭得十分伤心，连她父亲也在揩眼睛，可是李彤戴着一副很俏皮的吊梢太阳眼镜，咧着嘴一径笑嘻嘻的。一上了飞机，四个人就叽里呱啦谈个没了起来，飞机上有许多外国人，都看着她们四个周身穿着红彤彤的中国女孩儿点头微笑。慧芬说那时她们着实得意，好像真是代表"四强"飞往纽约开世界大会似的。

开始的时候，她们在威士礼的风头算是出足了。慧芬总爱告诉我周末约她出去玩的男孩子如何如何之多，尤其当我不太逢迎她的时候，她就要数给我听，某某人曾经追过她，某某人对她又如何如何，经常提醒我她当年的风华。我不太爱听她那些轶事，有时心里难免捻酸，可是当我看到慧芬那一双细白的手掌在厨房里让肥皂水泡得脱了皮时，我对她不禁格外地怜惜起来。慧芬到底是大家小姐，脾气难免娇贵些，可是她和我结婚以后，家里的杂役苦差，她都操劳得十分奋勇，使得我又不禁对她敬服三分。慧芬说在威士礼时她们虽然各有千秋，可是和李彤比起来，却都矮了一截。李彤一到威士礼，连那些美国的富家女都让她压倒了。威士礼是一个以衣相人的地方。李彤的衣裳多而别致，偏偏她又会装饰，一天一套，在学校里晃来晃去，着实惹目。有些美国人看见她一身绫罗绸缎，问她是不是中国的皇帝公主。不多久，她便成了威士礼的名人，被选为"五月皇后"。来约她出游的男孩子，难以数计。李彤自以为长得漂亮，对男孩子傲慢异常。有一个念哈佛法学院叫王珏的男学生，人品学问都是第一流，对李彤万分倾心，可是李彤表面总是淡淡的，王珏失了望便不去找她了。慧芬说她知道李彤心里是喜欢王珏的，可是李彤装腔装惯了，一下子不愿迁就，所以才没有和王珏好起来。慧芬说她敢打赌李彤一定难过了好一阵子，只是李彤嘴硬，不肯承认罢了。

不久李彤家里便出了事，国内战事爆发了，李彤一家人从上海逃难出来，乘太平轮到台湾，轮船中途出了事，李彤的父母罹了难，家当也全淹没了。李彤得到消息时在医院里躺了一个多月，她不肯吃东西，医生把她绑起来，天天打葡萄糖和盐水针。李彤出院后沉默了好一阵子，直到毕业时，她才恢复了往日的谈笑。可是她们一致都觉得李彤却变得不讨人喜欢了。况且那个时候，每个人的家里都遭到战乱的打击，大家因此没有心情再去出风头，只好用功读书起来。慧芬提到她在威士礼的时代，总要冠上：当我是 sophomore 的时候。后两年，她是不大要提的。

我亲自看到李彤，还是在我和慧芬的婚宴上。我和慧芬是在波士顿认识的，我那时在麻省理工学院念书，慧芬在纽约做事，她常到波城来探亲。可是慧芬却坚持要在纽约举行婚礼，并且以常住纽约为结婚条件之一。她说她的老朋友都在纽约做事，只有住在纽约才不觉得居住在外国。我们的招待会在 Long Island 的新居举行，只邀了我们两人要好的朋友。慧芬卸了新娘礼服出来便把李彤、张嘉行和雷芷苓拉到我跟前正式介绍一番。其实她不必介绍我已经觉得跟她们熟得不能再熟了。慧芬老早在我跟前把她们从头到脚不知形容了多少遍。见面以后，张嘉行和雷芷苓还差不了哪里去，张胖雷瘦，都是神气十足的女孩子。至于李彤的模样儿我却觉得慧芬过分低估了些。李彤不仅自以为漂亮，她着实美得惊人。像一轮骤从海里跳出来的太阳，周身一道道的光芒扎得人眼睛发疼的。李彤的身材十分高挑，五官轮廓都异常飞扬显突，一双炯炯露光的眼睛，一闪便把人罩住了，她那一头大鬈蓬松的乌发，有三分之二掠过左额，堆泻到肩上来，左边平着耳际却插着一枚碎钻镶成的大蜘蛛,蜘蛛的四对足紧紧蟠在鬓发上,一个鼓圆的身子却高高地飞翘起来。李彤那天穿着一袭银白底子飘满了枫叶的闪光缎子旗袍,那些枫叶全有巴掌大,红得像一球球火焰一般。女人看女人到底不太准确,我不禁猜疑慧芬不愿夸赞李彤的模样,恐怕心里也有几分不服。我那位十分美丽的新娘和李彤站在一起却被李彤那片艳光很专横地盖过去了。那天逢着自己的喜事,又遇见慧芬那些漂亮的朋友,心中感到特别喜悦。

"原来就是你把我们的牌搭子拆散了,我来和你算账!"

李彤见了我,把我狠狠地打量了几下笑着说道。李彤笑起来的样子很奇特,下巴翘起,左边嘴角挑得老高,一双眼皮儿却倏地挂了下来,好像把世人都要从她的眼睛里撵出去似的。慧芬告诉过我,她们四个女孩子在纽约做事时,合住在一间四房一厅的公寓里,下了班常聚在一起搓麻将,她们自称是四强俱乐部。慧芬搬出后,那三个也各自散开,另外搬了家。

"那么让我加入你们的四强俱乐部交些会费好不好?"我向李彤她们微微地欠了一下身笑着说道。我的麻将和扑克都是在美国学的,这里的朋友聚在一起总爱成个牌局,所以我的牌艺也跟着通练了。三个女孩听见我这样说,都笑了起来说道:

"欢迎!欢迎!幸亏你会打牌,要不然我们便不准黄慧芬嫁给你了。我们当初约好，不会打牌的男士，我们的会员是不许嫁的。"

"我早已打听清楚你们的规矩了。"我说，"连你们四强的国籍我都记牢了。李彤是'中国'对吗？"

"还提这个呢？"李彤嚷着答道，"我这个'中国'逢打必输，输得一塌糊涂。碰见这几个专和小牌的人，我只有吃败仗的份。你去问问张嘉行，我的薪水倒有一半是替她赚的呢！"

"自己牌不行，就不要乱赖别人！"张嘉行说道。

"李彤顶没有 sportsmanship。"雷芷苓说。

"陈寅，"李彤凑近我指着张嘉行她们说道，"我先给你一个警告：和这几个人打牌——包括你的新娘子在内——千万不要做大牌。她们都是小和大王，我这个人打牌要就和辣子，要不就宁愿不和牌！"

慧芬和其他两个女孩子都一致抗议，一齐向李彤攻击。李彤却微昂着首，倔强地笑着，不肯输嘴。她发髻上那枚蜘蛛闪得晶光乱转，很是生动。我看见这几个漂亮的女孩子互相争吵，非常感到兴味。

"我也是专喜和大牌的。"我觉得李彤在三个女孩子的围攻下显得有点孤单，便附和她说道。

"是吗？是吗？"李彤亢奋地叫了起来，伸出手跟我重重地握了一下，"这下我可找到对手了！过几天我们来较量较量。"

那天的招待会上，只见到李彤一个人的身影穿来插去，她那一身的红叶子全在熊熊地燃烧着一般，十分地惹目。我那些单身的男朋友好像遭那些火头扫中了似的，都显得有些不安起来。我以前在大学的同房朋友周大庆那晚曾经向我几次打听李彤。

我和慧芬度完蜜月回到纽约以后，周大庆打电话给我要请我们去 Central Park 的 Tavern on the Green 去吃饭跳舞，他要我替他约李彤做他的舞伴。周大庆在学校喜欢过几个女孩子，可是一次也没有成功。他的人品很好，长得也端正，却不大会应付女孩们。他每次爱上一个人都十分认真，因此受过不少挫折。我知道他又喜欢上李彤了。我去和慧芬商量时，慧芬却说关于李彤的事情我最好不要管，李彤太过任性。我知道周大庆是个非常诚实的人，所以一定央求慧芬去帮他约李彤出来。

我们去把李彤接到了 Central Park，她穿了一袭云红纱的晚礼服，相当潇洒，可是她那枚大蜘蛛不知怎地却爬到了她的肩膀的发尾上来，甩荡甩荡的，好像吊在蛛丝上一般，十分刺目。周大庆早在 Tavern on the Green 里等我们。他新理了头发，耳际上两条发线修得十分整齐。他看见我们时立刻站了起来，脸上笑得有点僵硬，还像在大学里站在女生宿舍门口等候舞伴那么紧张。我们坐定后，周大庆打开了桌子上一个金纸包的玻璃盒，里面盛着一朵紫色的大蝴蝶兰。周大庆说那是给李彤的礼物。李彤垂下眼皮笑了起来，拈起那朵蝴蝶兰别在她腰际的飘带上。周大庆替我们叫了香槟，李彤却把侍者唤来换了一杯 Manhattan。

"我最讨厌香槟了，"李彤说道，"像喝水似的。"

"Manhattan 是很烈的酒呢！"周大庆看见李彤一口便将手中那杯酒喝掉一半，脸上带着忧虑的神情向李彤说道。

"就是这个顶合我的胃口。"李彤说道，几下便把一杯 Manhattan 喝尽了，然后用手将杯子里那枚红樱桃撮了起来塞到嘴里去。有一个侍者走过来，李彤用夹在手指上那截香烟指指空杯说道：

"再来一杯 Manhattan。"

李彤一面喝酒，一面同我大谈她在 Yonkers 赌马的事情。她说她守不住财，总是先赢后输。她问我会不会扑克，我说很精通。李彤便伸出手来隔着台子和我重重握了一下，然后对慧芬说道：

"黄慧芬，你的先生真可爱，把他让给我算了，我和他可以合开一家赌场。"

我们都笑了起来。周大庆笑得有点局促，他什么赌博都不会。李彤坐下来后一直不大理睬他，他有几次插进嘴来想转开话题，都遭李彤挡住了。

"那么你把他拿去吧。"慧芬推着我的肩膀笑着说道。李彤立了起来拉着我的手走到舞池里,头靠在我肩上和我跳起舞来。舞池是露天的,周围悬着许多琥珀色的柱灯,照在李彤的鬓发及衣服上十分好看。

"周大庆很喜欢你呢,李彤。"我在李彤耳边说道,周大庆和慧芬也下到了舞池里来。

"哦,是吗?"李彤抬起头来笑道,"叫他先学会了赌钱再来追我吧!"

"他的人很好。"我说。

"不会赌钱的人再好也没用。"李彤伏在我肩上又笑了起来。

一餐饭下来,李彤已喝掉了五六杯酒,李彤每叫一杯,周大庆便望着她讪讪地笑着。

"怎么?你舍不得请我喝酒是不是?"李彤突然转过头来对周大庆道,她的两颧已经泛起了酒晕,嘴角笑得高高地挑起,周大庆窘住了,赶快嗫嚅地辩说道:

"不是的,我是怕这个酒太凶了。"

"告诉你吧,没有喝够酒,我是没劲陪你跳舞的。"说着李彤朝侍者弹了一下手指又要了一杯 Manhattan。喝完以后,她便立起身来邀周大庆去跳舞。乐队正在奏着一支"恰恰",几个南美人敲打得十分热闹。

"我不大会跳恰恰。"周大庆迟疑地立起身来说。

"我来教你。"李彤径自走进了舞池,周大庆跟了她进去。

李彤的身子一摆便合上了那支"恰恰"激烈狂乱的拍子。她的舞跳得十分奔放自如,周大庆跟不上她,显得有点笨拙。起先李彤还将就着周大庆的步子,跳了一会儿,她便十分忘形地自己舞动起来。她的身子忽起忽落,愈转圈子愈大,步子愈踏愈颠踬,那一阵"恰恰"的旋律好像一流狂风,吹得李彤的长发飘带一起扬起,她发上那枚晶光四射的大蜘蛛衔住她的发尾横飞起来。她飘带上那朵蝴蝶兰被她抖落了,像一团紫绣球似的滚到地上,遭她踩得稀烂。李彤仰起头,垂着眼,眉头皱起,身子急切地左右摆动,好像一条受魔笛制住了的眼镜蛇,不由己在痛苦地舞动着,舞得要解体了一般。几个乐师愈敲愈起劲,奏到高潮一齐大声喝唱起来。别的舞客都停了下来,看着李彤,只有周大庆还在勉强地跟随着她。一曲舞罢,乐师们和别的舞客都朝李彤鼓掌喝彩起来,李彤朝乐师们挥了一挥手,回到了座位,她脸上挂满汗珠,一绺头发覆到脸上来了。周大庆一脸紫涨,不停地在用手帕揩汗。李彤一坐下便叫侍者要酒来。慧芬拍了一拍李彤的手背止住她道:

"李彤,你再喝就要醉了。"

李彤双手按住慧芬的脖子笑道:"黄慧芬,我的好黄慧芬,今晚你不要阻拦我好不好?你不知道我现在多么开心,我从来没有这样开心过!"

李彤指着她的胸口嚷着,她眼睛里射出来的光芒好像烧得发黑了一般。她又喝了两杯 Manhattan 才肯离开，走出舞厅时，她的步子都不稳了。门口有个黑人侍者替她开门，她抽出一张十元美金给那个侍者摇摇晃晃地说道：

"你们这儿的 Manhattan 全世界数第一！"

回到家中慧芬埋怨了我一阵说：

"我叫你不要管李彤的事，她那么任性，我真替周大庆过意不去。"

我和慧芬在纽约头一两年过得像曼哈顿的地下车那么闹忙那么急促。白天我们都上班，晚上一到家，便被慧芬那班朋友撮了出去。周末的两天，总有盛宴，日程常常一两个月前已经排定。张嘉行和雷芷苓都有了固定的男友。张的是一个姓王的医生，雷的是一个叫江腾的工程师。他们都爱打牌，大家见面，不是麻将便是扑克。两对恋人的恋爱时间，倒有泰半是在牌桌上消磨过去的。李彤一直没有固定的对象，她的男伴经常掉换。李彤对于麻将失去了兴趣，她说麻将太温吞。有一个星期六，李彤提议去赌马，于是我们一行八人便到了 Yonkers 跑马场。李彤的男伴是个叫邓茂昌的中年男人，邓是从香港来的，在第五街上开了一个相当体面的中国古玩店。李彤说邓是个跑马专家，十押九中。那天的太阳很大，四个女孩子都戴了阔边遮阳帽，李彤穿了一条紫红色的短裤子，白衬衫的领子高高倒翻起来，很是好看。

马场子里挤满了人，除了邓茂昌外，我们都不谙赛马的窍门。他非常热心，跑上跑下替我们打听消息，然后很带权威地指挥我们你押这一匹、押那一匹。头一二场，我们都赢了三四十块。到第三场时邓茂昌说有一匹叫 Lucky 的马一定中标，要我们下大注，可是李彤却不听他的指示说道：

"我偏不要这一匹，我要自己选。"

"李彤，你听我这次话好不好？Lucky 一定中彩的。"邓茂昌焦急地劝说李彤，手里捏着一大沓我们给他下注的钞票。李彤翻着赛马名单指给邓茂昌道：

"我要买 Bold Lad。"

"Lucky 一定会赢钱的，李彤。"邓茂昌说。

"我要买 Bold Lad，他的名字好玩，你替我下五十块。"

"李彤，那是一匹坏马啊！"邓茂昌叫道。

"那样你就替我下一百块。"李彤把一沓钞票塞到邓茂昌手里，邓茂昌还要和李彤争辩，张嘉行向邓茂昌说道：

"反正她一个月赚一千多，你让她输输吧。"

"怎么见得我一定会输？"李彤扬起头向张嘉行冷笑道，"你们专赶热门，我偏要走冷门！"

那一场一起步，Lucky 果然便冲到了前面，两三圈就已经超过别的马一大段了，张嘉行、雷芷苓和慧芬三个人都兴奋得跳了起来。李彤押的那匹 Bold Lad 却一直落在后面。李彤把帽子摘了下来，在空中拼命摇着，大声喊道：

"Come on, my boy! Come on!"

李彤蹦着喊着,满面涨得通红,声音都嘶哑了,可是她那匹马仍旧没有起色,遥遥落在后面。那一场下来,Lucky 中了头彩,我们每人都赢了一大笔,只有李彤一个人却输掉了。下几场,李彤乱押一阵,专挑名字古怪的冷马下注。赛完后,我和慧芬赢得最多,两人一共赢了五百多元,而李彤一个人却输掉了四百多。慧芬很高兴,她提议我们请吃晚饭,大家一同开到百老汇上一家中国酒馆去叫一大桌酒席。席间邓茂昌一直在谈他在香港赌马的经验,张嘉行她们听得很感兴味,不停地向他请教。李彤却指着邓茂昌道:

"今天就是你穷捣蛋,害得我输了那么多。"

"要是你听我的话就不会输了。"邓茂昌笑着答道。

"我为什么要听你的话?我为什么要听你的话?"李彤放下筷子朝着邓茂昌道,她那露光的眼睛闪得好像要跳出来了似的。

"好啦,好啦,下次我们去赌马,我不参加意见好不好……"邓茂昌赔笑说道。

"谁要下次跟你去赌马?"李彤斩断了邓茂昌的话冷冷说道,"要去,我一个人不会去?"

邓茂昌没有再答话,一径望着李彤尴尬地赔着笑脸,我们也觉得不自然起来,那顿饭大家都没有吃舒服。

在纽约的第三个年头,慧芬患了严重的失眠症。医生说是她神经过于紧张的缘故，然而我却认为是我们在纽约的生活太不正常损害到她的健康。没有等到慧芬同意，我便向公司请调，到纽约州北部 Buffalo 的分公司去当工程师。搬出纽约的时候，慧芬嘴里虽然不说，心中是极不愿意的。张嘉行却打电话来责备我说，把她们的黄慧芬拐跑了。在 Buffalo 住了六年，我们只回到纽约两次。一次是因为雷芷苓和江腾结婚，另一次却是赴张嘉行和王医生的婚礼。两次婚礼上都碰到李彤。张嘉行结婚，李彤替她做伴娘。李彤消瘦了不少，可是在人堆子里，还是那么突出，那么扎眼。招待会是在王医生 Central Park West 上的大公寓里举行的，王医生的社交很广，与会的人很多，两个大厅都挤得满满的，李彤从人堆里闪到我跟前要我陪她出去走走，她把我拉到慧芬身边笑着说道：

"黄慧芬，把你先生借给我一下行不行？"

"你拿去吧，我不要他了。"慧芬笑道。

"当心李彤把你丈夫拐跑了。"雷芷苓笑道。

"那么正好，我便不必回 Buffalo 去了。"慧芬笑着说。

我和李彤走进 Central Park 的时候，李彤对我说道：

"屋子里人多得要命，闷得我气都透不过来了。老实告诉你吧，陈寅，我是要你出来陪我去喝杯酒去。张嘉行从来不干好事，只预备了香槟，谁要喝那个。"

我们走到 Tavern on the Green 的酒吧间，我替李彤要了一杯 Manhattan，我自己要了一杯威士忌。李彤喝着酒和我聊了起来。她说她又换了工作，原来的公司把她的薪水加到一千五一个月，她不干，因为她和她的主任吵了一架。现在的薪水升高，她升成了服装设计部门的副主任，不过她不喜欢她的老板，恐怕也做不长。我问她是不是还住在 Village 里，她说已经搬了三次家了。谈笑间，李彤已经喝下去三杯 Manhattan。

"慢点喝，李彤，"我笑着对她说道，"别又像在这里跳舞那天晚上那样喝醉喽！"

"亏你还记得，"李彤仰起头大笑起来，"那天晚上恐怕我真的有点醉了，一定把你那个朋友周大庆吓了一跳。"

"他倒没有吓着，不过他后来一直说你是他看过最漂亮的女孩子。"

"是吗？"李彤笑道，"我想起来了，前两个月我在 Macy's 门口还碰见他，他陪他太太去买东西。他给了我他的新地址，说要请我到他家去玩。"

"他是一个很好的人。"我说。

"他确实很好，每年他都寄张圣诞卡给我，上面写着：祝你快乐。"李彤说着又笑了起来，"他很有意思，可惜就是不会赚钱。"

我问李彤还去不去赌马，李彤一听到赛马劲道又来了，她将半杯酒一口喝光，拍我的手背嚷道：

"我来告诉你：上星期我一个人去 Yonkers 押了一匹叫 Gallant Knight 的马。爆出了冷门！独得了四百五。陈寅，这就算是我一生最得意的一件事了。你还记得邓茂昌呀，那个跑马专家滚回香港结婚去了。没有那个家伙在这里瞎纠缠，我赌马的运气从此好转，每押必中。"

李彤说着笑得前俯后仰，一迭声叫酒保替她添酒。我们喝着聊着，外面的天都暗了下来，李彤站起来笑道：

"走吧，回头慧芬以为我真是把她的丈夫抢走了。"

在 Buffalo 的第二年，我们便有了莉莉。莉莉五岁进幼稚园的时候，慧芬警告我说：如果我再在 Buffalo 呆住下去，她便一个人带莉莉回纽约，仍旧去上班。她说她宁愿回纽约失眠去。我也发觉在 Buffalo 的生活虽然有规律，可是这种沉闷无聊的生活对我们也是非常不健康的。于是我们全家又搬回纽约，在 Long Island 上买了一幢新屋。慧芬决定搬进新房子的第一个周末大宴宾客，把我们的老朋友又一齐请来。那天请了张嘉行和雷芷苓两对夫妇，李彤是一个人来的，此外还有王医生带来的几个朋友，慧芬为了这次宴客准备了三天三夜，弄了一桌子十几样中国菜。吃完饭成牌局的时候，慧芬要张嘉行、雷芷苓和李彤四个人凑成一桌麻将，她说要重温她们"四强俱乐部"时代的情趣，可是李彤打了四圈便和扑克牌这一桌的一位男客对调了。她说她几年都没有碰过麻将,张子都忘掉了。为了使慧芬安心玩牌,我没有加入牌局,替她两边招呼着。当大家玩定了以后,我便到内厅以男客为主的扑克牌桌去看牌。可是我到那儿时,却没有看到李彤。男客们说李彤要求暂退出几盘,离开了桌子。我在屋内找了一轮都没有寻见她,当我打开连着客厅那间纱廊的门时,却看见李彤在里面,靠在一张乘凉的藤摇椅上睡着了。

纱廊里的光线暗淡,只点着一盏昏黄的吊灯。李彤半仰着面,头却差不多歪跌到右肩上来了。她的两只手挂在扶手上,几根修长的手指好像脱了节一般,十分软疲地悬着。她那一袭绛红的长裙,差不多拖跌在地上,在灯光下,颜色陈暗,好像裹着一张褪了色的旧绒毯似的。她的头发似乎留长了许多,覆过她的左面,大绺大绺地堆在胸前,插在她发上的那枚大蜘蛛,一团银光十分生猛地伏在她的腮上。我从来没有看到李彤这样疲惫过,无论在什么场合,她给我的印象总是那么佻侻,那么不驯,好像永远不肯睡倒下去似的。我的脚步声把她惊醒了,她倏地坐了起来,掠着头发,打了一个呵欠说道:

"是你吗,陈寅?"

"你睡着了,李彤。"我说。

"就是说呀,刚才在牌桌上有点累,退了下来,想在这里休息一会儿,想不到却睡了过去——你来得正好,替我弄杯酒来好吗?"

我去和了一杯威士忌苏打拿到纱廊给她,李彤吞了一大口,叹了一下说道:

"喔唷,凉得真舒服。我刚才在牌桌上的手气别扭极了。一晚上也没拿着一副像样的牌。你知道打 Show hand 没有好牌多么泄气。我的耐性愈来愈坏,玩扑克也觉得没什么劲道了。"

客厅里面慧芬、张嘉行、雷芷苓三个人不停地谈笑着。张嘉行的嗓门很大,每隔一会儿便听见她的笑声压倒众人爆开起来。扑克牌那一桌也很热闹,清脆的筹码,叮叮当当地滚跌着。

"大概张大姊又在摸清一色了。"李彤摇了一摇头笑道。李彤看上去又消瘦了些,两腮微微地削了下去,可是她那一双露光的眼睛,还是闪烁得那么厉害。

"再替我去弄杯酒来好吗?"李彤把空杯子递给我说道。

我又去和了一杯威士忌拿给她。正当我们在纱廊里讲话的当儿,我那个五岁大的小女儿莉莉却探着头跑了进来。她穿了一身白色的绒睡袍,头上扎了一个天蓝的冲天结,一张胖嘟嘟的圆脸,又红又白,看着实在叫人疼怜。莉莉是我的宠儿,每天晚上总要和我亲一下才肯去睡觉。我弯下身去,莉莉跶起脚来和我亲了一下响吻。

"不和 auntie 亲一下吗?"李彤笑着对莉莉说道。莉莉跑过去扳下李彤的脖子,在李彤额上重重地亲了一下。李彤把莉莉抱到膝上对我说道：

"像足了黄慧芬，长大了也是个美人儿。"

"这是什么，auntie？"莉莉抚弄着李彤手上戴着的一枚钻戒问道。

"这是石头。"李彤笑着说。

"我要。"莉莉娇声嚷道。

"那就给你。"李彤说着就把手上那枚钻戒卸了下来，套在莉莉的大拇指上。莉莉举起她肥胖的小手，把那枚钻戒舞得闪闪发光。

"那么贵重的东西不要让她玩丢了。"我止住李彤道。

"我真的送给莉莉的，"李彤抬起头满面认真地对我说道，然后俯下身在莉莉脸上亲了一下说道，"Good girl，给你做陪嫁，将来嫁个好女婿好吗？去，去，拿去给你爸爸替你收着。"

莉莉笑吟吟地把那枚钻戒拿给我，便跳蹦蹦去睡觉了。李彤指着我手上的大钻戒说道：

"那是我出国时我妈给我当陪嫁的。"

"你那么喜欢莉莉，给你做干女儿算了。"我说道。

"罢了，罢了，"李彤立起身来，嘴角又笑得高高地挑了起来说道，"莉莉有黄慧芬那么个好妈妈还要我干什么？你看看，我也是个做母亲的人吗？我们进去吧，我已经输了好些筹码，这下去捞本去。"

这次我们回到纽约来，很少看到李彤。我们有牌局，她也不大来参加了。有人说她在跟一个美国人谈恋爱，也有人却说她和一个南美洲的商人弄得很不清楚。一天，我和慧芬开车下城，正当我们转入河边公路时，有一辆庞大金色的敞篷林肯，和我们的车子擦身而过，超前飞快驶去，里面有一个人大声喊道：

"黄——慧——芬！"

慧芬赶忙伸头出去，然后噘着嘴叹道：

"李彤的样子真唬人！"

李彤坐在那辆金色敞车的右前座，她转身向后，朝着我们张开双手乱招一阵。她头上系了一块黑色的大头巾，被风吹起半天高。那辆金色车子像一丸流星，一眨眼，便把她的身影牵走了。她身旁开车的那个男人，身材硕大，好像是个美国人。那是我们最后一次看见李彤。

雷芷苓结婚的第四年才生头一个孩子，两夫妻乐得了不得。她的儿子做满月，把我们请到了她 Riverdale 的家里去。我们吃完饭成上牌局，打了几轮扑克，张嘉行两夫妇才来到。张嘉行一进门右手高举着一封电报，便大声喊道：

"李彤死了！李彤死了！"

"哪个李彤？"雷芷苓迎上去叫道。

"还有哪个李彤？"张嘉行不耐烦地说道。

"胡说，"雷芷苓也大声说道，"李彤前两个星期才去欧洲旅行去了。"

"你才胡说，"张嘉行把那封电报塞给雷芷苓，"你看看这封电报，中国领事馆从威尼斯打给我的。李彤在威尼斯游河跳水自杀了。她没有留遗书，这里又没有她的亲人，还是警察从她皮包里翻到我的地址才通知领事馆打来这封电报，我刚才去和这边的警察局接头，打开她的公寓，几柜子的衣服——我都不知道怎么办才好！"

张嘉行和雷芷苓两人都一齐争嚷着：李彤为什么死？李彤为什么死？两个人吵着声音都变得有点愤慨起来，好像李彤自杀把她们两人都欺瞒了一番似的。慧芬把那封电报接了过去，却一直没有做声。

"这是怎么说？她也犯不着去死呀！"张嘉行喊道，"她赚的钱比谁都多，好好的活得不耐烦了？"

"我劝过她多少次：正正经经去嫁一个人。她却一直和我嬉皮笑脸，从来不把我的话当话听。"雷芷苓说道。

"这么多人追她，她一个也不要，怪得谁？"张嘉行说。

雷芷苓走到卧房里拿出一张照片来递给大家说道：

"我还忘记拿给你们看，上个礼拜我才接到李彤从意大利寄来的这张照片——谁料得着她会出事？"

那是一张彩色照。李彤站着，左手捞开身上一件黑大衣，很佻佻地叉在腰上，右手却戴了白手套做着招挥的姿势，她的下巴扬得高高的，眼睑微垂，还是笑得那么倔强，那么孤傲，她背后立着一个大斜塔，好像快要压到她头上来了似的。慧芬握着那张照片默默地端详着，我凑到她身旁，她正在看相片后面写着的几行字：

亲爱的英美苏：
　　这是比萨斜塔

　　　　　　　　　　　　　中国
　　　　　　　　　　　　一九六〇年十月

　　张嘉行和雷芷苓两人还在一直争论李彤自杀的原因。张嘉行说也许因为李彤被那个美国人抛掉了，雷芷苓却说也许因为她的神经有点失常。可是她们都一致结论李彤死得有点不应该。

　　"我晓得了，"张嘉行突然拍了一下手说道，"李彤就是不该去欧洲！中国人也去学那些美国人，一个人到欧洲乱跑一顿。这下在那儿可不真成了孤魂野鬼了？她就该留在纽约，至少有我们这几个人和她混，打打牌闹闹，她便没有工夫去死了。"

　　雷芷苓好像终于同意了张嘉行的说法似的，停止了争论。一时大家都沉默起来。雷芷苓和张嘉行对坐着，发起怔来，慧芬却低着头一直不停地翻弄那张照片。男客人坐在牌桌旁，有些拨弄着面前的筹码，有些默默地抽着烟。先头张嘉行和雷芷苓两人吵嚷得太厉害，这时突然静下来，客厅里的空气骤地加重了一倍似的，十分沉甸起来。正当每个人都显得有点局促不安的时候，雷芷苓的婴儿在摇篮里哇的一声哭了起来，洪亮的婴啼冲破了渐渐浓缩的沉寂。雷芷苓惊立起来叫道：

"打牌！打牌！今天是我们宝宝的好日子，不要谈这些事了。"

她把大家都拉回到牌桌上，恢复了刚才的牌局。可是不知怎的，这回牌风却突然转得炽旺起来，大家的注愈下愈大。张嘉行捞起袖子，大声喊着："Show hand! Show hand!"将面前的筹码一大堆一大堆豁琅琅推到塘子里去。雷芷苓跟着张嘉行也肆无忌惮地下起大注来。慧芬打扑克一向谨慎，可是她也受了她们感染似的，一动便将所有的筹码掷进塘子里。男客人们比较能够把持，可是由于张嘉行她们乱下注，牌风愈翻愈狂，大家守不住了，都抢着下注，满桌子花花绿绿的筹码，像浪头一般一忽儿涌向东家，一忽儿涌向西家。张嘉行和雷芷苓的先生一直在劝阻她们，可是她们两人却像一对战红了眼的斗鸡一般，把她们的先生横蛮地挡了回去，一赢了钱时便纵身趴到桌子上，很狂妄地张开手将满桌子的筹码扫到跟前，然后不停地喊叫，笑得泪水都流了出来。张嘉行的声音叫得嘶哑了，雷芷苓的个子娇小，声音也细微，可是她好像要跟张嘉行比赛似的，拼命提高嗓子，声音变得非常尖锐，十分地刺耳。输赢大了，一轮一轮下去，大家都忘了时间，等到江腾去拉开窗帘时，大家才发觉外面已经亮了。太阳升了上来，玻璃窗上一片白光，强烈的光线闪进屋内，照得大家都眯上了眼睛，张嘉行丢下牌，用手把脸掩起来。江腾叫雷芷苓去暖咖啡，我们便停止了牌局。结算下来，慧芬和我都是大输家。

我和慧芬走出屋外时，发觉昨晚原来飘了雪。街上东一块西一块，好像发了霉似的。冰泥地上，都起了一层薄薄的白绒毛，雪层不厚，掩不住那污秽的冰泥，沁出点点的黑斑来。

Riverdale 附近，全是一式酱色陈旧的公寓房子。这是个星期天，住户们都在睡早觉，街上一个人也看不见，两旁的房子，上上下下，一排排的窗户全遮上了黄色的帘子，好像许多双挖去了瞳仁的大眼睛，互相空白地瞪视着。每家房子的前方都悬了一架锯齿形的救火梯，把房面切成了迷宫似的图样。梯子都积了雪，好像那一根根黑铁上，突然生出了许多白毛来。太阳升过了屋顶，照得一条街通亮，但是空气寒冽，鲜明的阳光，没有丝毫暖意。

慧芬走在我前面，她披着一件大衣，低着头，看着地，在避开街上的污雪，她的发髻松散了，垂落到大衣领上，显得有点凌乱。我忘了带手套，两手插在大衣口袋里，仍旧觉得十分僵冷。早上的冷风，吹进眼里，很是辛辣。昨晚打牌我喝多了咖啡，喉头一直是干干的。我们的车子也结了冻，试了好一会儿才发燃火。当车子开到百老汇上时，慧芬打开了车窗，寒气灌进车厢来，冷得人很不舒服。

"把窗子关起来，慧芬。"我说。

"闷得很，我要吹吹风。"慧芬说。

"把窗子关起来，好吗？"我的手握着方向盘被冷风吹得十分僵疼。慧芬扭着身子，背向着我，下巴枕在窗沿上，一直没有做声。

"关起窗子，听见没有？"我突然厉声喝道，我觉得胸口有一阵按捺不住的烦躁，被这阵冷风吹得涌了上来似的。慧芬转过身来，没有说话，默默地关上了车窗。当车子开进 Times Square 的当儿，我发觉慧芬坐在我旁边哭泣起来了。我侧过头去看她，她僵挺挺地坐着，脸朝着前方一动也不动，睁着一双眼睛，空茫失神地直视着，泪水一条条从她眼里淌了出来，她没有去揩拭，任其一滴滴掉落到她的胸前。我从来没有看见慧芬这样灰白这样憔悴过。她一向是个心性高强的人，轻易不肯在人前失态，即使跟我在一起，心里不如意，也不愿露于形色。可是她坐在我身旁的这一刻，我却感到有一股极深沉而又极空洞的悲哀，从她哭泣声里，一阵阵向我侵袭过来。她的两个肩膀隔不了一会儿便猛烈地抽搐一下，接着她的喉腔便响起一阵喑哑的呜咽，都是那么单调，那么平抑，没有激动，也没有起伏。顷刻间，我感到我非常能够体会慧芬那股深沉而空洞的悲哀，我觉得慧芬那份悲哀是无法用话语慰藉的，这一刻她所需要的是孤独与尊重。我掉过头去，不再去看她，将车子加足了马力，在 Times Square 的四十二街上快驶起来。四十二街两旁那些大戏院的霓虹灯还在亮着，可是有了阳光却黯淡多了。街上没有什么车辆，两旁的行人也十分稀少，我没有想到纽约市最热闹的一条街道，在星期日的清晨，也会变得这么空荡，这么寂寥起来。

《现代文学》第二十五期

一九六五年七月

谪仙怨

给母亲的一封信

妈妈：

上个月你写来的五封信，我都收到了。我没有生病，也没有出事。白天太忙，夜里上床的时候，才看到床头边堆着你的来信，可是又累得不想动笔了，所以就这么一天又一天地拖了下来。以后你没接到我的信，千万不要瞎着急。你信上说最近常失眠，血压又高到了一百八十度，这还不是东想西想弄出来的？你一个人在台北，不小心保重，弄出了毛病来，我又不能回去照顾你，岂不是给我在国外增添烦恼吗？既然你现在为我担心得这样苦，当初又何必借得一身债送我出国来呢？其实我已经二十五岁了，难道还不懂得照顾自己吗？妈妈，你的心都是白操了。

这里这张五百块的支票,其中三百块马上拿去还给舅妈,加上上次我寄回去的五百元,我们总算是把债还清了。剩下的两百块,是我寄给你零用的。这是我第一次自己赚钱给你,我要你花得痛痛快快的,不要疼惜我赚的钱,舍不得花在你自己身上。妈妈,你从前常怨命,没有生个儿子,老来怕无人奉养。其实你瞧,女儿能赚钱,还不是一样?我老实告诉你,妈妈,很小的时候,我就存了心要赚钱给你用了。有一次在台北,你带我到舅妈家去,我那时才十岁,那天好像是舅妈生日,她那些官太太朋友都来了。你们打麻将,你那天输得很厉害,我一直在旁边偷看你,你的脸都急红了。结账时,你悄悄向舅妈借钱,我看见你在舅妈面前低声下气的样子,难过得直想哭。那时我不肯谅解你,我想我们家境既然衰落了,比不过人家,你为什么还要常到舅妈家去,和她那些阔朋友应酬,打大牌?爹爹在时,官做得比舅舅还大,你从前也是个高高贵贵的官夫人,为什么要自贬身份,到舅妈家去受罪呢?那时我只怨你虚荣,没有志气。出国后,这几年来,我才渐渐地体谅到你的心境。你不到舅妈家,又叫你到哪里去呢?你从前在上海是过惯了好日子的,我也知道。你对那段好日子,始终未能忘情。大概只有在舅妈家——她家的排场,她家的京戏和麻将,她家来往的那些人物——你才能够暂时忘忧,回到从前的日子里去。

有一天,几个朋友载我到纽约近郊 Westchester 一个阔人住宅区去玩。我走过一幢花园别墅时,突然站住了脚。那是一幢很华丽的楼房,花园非常大,园里有一个白铁花棚,棚架上爬满了葡萄。园门敞开着,我竟忘情地走了进去,踱到了那个花棚下面。棚架上垂着一串串碧绿的葡萄子,非常可爱。我一个人在棚子下面一张石凳上坐着,竟出了半天的神,直到那家的一头大牧羊犬跑来嗅我,才把我吓了出来。当时我直纳闷,为什么那幢别墅竟那样使我着迷。回到家中,我才猛然想起,妈妈,你还记得我们上海霞飞路那幢法国房子,花园里不也有一个葡萄藤的花棚吗?小时候我最爱爬到那个棚架上去摘葡萄了。有一次我还记得给蜜蜂叮了一嘴,把鼻子都叮肿了。我那时才几岁?五岁?你看,妈妈,连我对从前的日子,尚且会迷恋,又何况你呢?所以,妈妈,说真话,现在我倒巴不得望你常到舅妈家去——这也是我一个私心:我知道,你只要在舅妈家玩,就会开心,而且有了病痛,舅妈他们也会照顾你,那样,便少了我一件牵挂。

其实你挂来挂去,还不是担心我一个人在纽约过得不习惯,不开心。怎么会呢?人人都说美国是年轻人的天堂。在纽约住了这几年,我深深地爱上了这个城市,我一向是喜爱大城市的,哪个大城有纽约这样多的人,这样多的高楼大厦呢?戴着太阳眼镜在 Times Square 的人潮中,让人家推着走的时候,抬起头看见那些摩天大楼,一排排在往后退,我觉得自己只有一点丁儿那么大了。淹没在这个成千万人的大城中,我觉得得到了真正的自由:一种独来独往,无人理会的自由。最多有时有些美国人把我错当成日本姑娘,我便笑而不答,懒得否认,于是他们便认为我是个捉摸不透的东方神秘女郎了。妈妈,你说好笑不好笑?在纽约最大的好处,便是渐渐忘却了自己的身份。真的我已经觉得自己是个十足的纽约客了。老实告诉你,妈妈,现在全世界无论什么地方,除了纽约,我都未必住得惯了。

　　我现在开始做全天的事情,不去上学了。妈妈,你听到这个话,不必吃惊,也不用难过。我们两人心里都明白,从小我便不是一块读书的材料,你送我出国,告诉别人是来留学,其实还不是要我来这里找一个丈夫?那是一般女孩子的命运,并没有什么可耻的。在纽约大学受了这两年的洋罪,我想通了,美国既是年轻人的天堂,我为什么不趁着还年轻,在天堂里好好享一阵乐呢?我很喜欢目前在酒馆里的工作,因为钱多。在这里,赚钱是人生的大目的。我能自食其力,颇感自豪,妈妈,你也应该引以为荣才是。至于找丈夫呢,我觉得你实在不必过虑。我长得并不丑,相信至少还有好几年,可以打动男人的心。上次你把我的地址电话给了吴伯伯的儿子,叫他来找我,这种事我劝你以后绝对不要再做。你这样替我找来的人,哪怕好得上天,我也不会要的。而且以后你写信,不必再提到司徒英。我和他的事情,老早已成过去。我一直没有对你说,就是怕你知道了,乱给我介绍别人。

一年前，司徒英从波士顿打电话给我，告诉我，他在学校医院里生病时，一时冲动，和一个美国护士发生了关系。他问我能不能原谅他，要是我肯原谅他，他便马上来纽约和我结婚。我说不能，他便和那护士结了婚。妈妈，你知道，有时候一个女孩子对那种事情看得很认真的，何况司徒英又是我在大学里头一个要好的男孩子呢？不过初恋那种玩意儿就像出天花一样，出过一次，一辈子再也不会发了。现在没了感情的烦恼，我反而感到一身轻，过得优哉游哉。所以，妈妈，你实在不必替我瞎操心。想嫁的时候，我自己自然会去找。等到我实在老得没有人要了，那么再请你替我去捉一个女婿好了。

请你相信我，妈妈，我现在在纽约过得实在很开心。上礼拜我才上街去买了一件一百八十块钱的冬大衣，翠绿驼绒，翻毛领子的，又轻又暖。妈妈，你没看见，晚上我穿着新大衣在街上荡的时候，一副 Young Lady 的得意劲儿，才是叫你好笑呢。

圣诞节快到了，纽约这几天大雪，冷得不得了。这是唯一使我不喜欢纽约的地方，冬天太长，满地的雪泥，走出去，把脚都玷污了。

祝你

圣诞快乐

儿 凤仪上

一九六八年十二月廿日

又：以后不必再寄中国罐头来给我，我已经不做中国饭了，太麻烦。

LOWER EAST SIDE, NEW YORK

夜渐深的时分，纽约的风雪愈来愈大。在 St. Mark's Plaza 的上空，那些密密麻麻的霓虹灯光，让纷纷落下的雪花，织成了一张七彩晶艳的珠网。黄凤仪从计程车里跳了出来，两手护住头，便钻进了第六街 Rendezvous 的地下室里去。里面早挤满了人，玫瑰色的灯光中，散满了乳白的烟色。钢琴旁边，立着一个穿了一身铁甲般银亮长裙的黑女人，正在直着脖子，酸楚急切地喊唱着：Rescue Me！黄凤仪把她身上那件翠绿大衣卸了下来，交给衣帽间，便挤到酒吧台的一张圆凳上坐了下来。

"乔治，给我点根火。"黄凤仪朝着一个穿了红背心、系着黑领花的年轻酒保弹了一下手指说道，她从一只金色的烟盒中，抽出了一根 Pall Mall，塞到嘴里去。

"嗨！"年轻的酒保一行替黄凤仪点上烟，一行向她打招呼道，"芭芭拉找了你老半天了。"

"是吗？"黄凤仪漫声应道，她深深地吸了一口烟，随手便把香烟搁到烟碟上，从皮包里掏出一只粉盒，弹开了盖子，对着镜子端详起来。她穿了一件短袖亮黑的紧身缎子旗袍，领头上，锁着一枚指拇大殷红的珊瑚梅花扣，一头的乌发，从中分开，披到肩上来。黄凤仪使劲眨了几下她那双粗黑的假睫毛，把假睫毛上的雪珠子抖掉。

"我的乖乖，你可把我等坏了！"一个十分肥大的女人走到黄凤仪背后，一把搂住了她的腰，在她脸上狠狠地亲了一个响吻。肥女人穿了一件粉红的长裙晚礼服，头上耸着一顶高大的浅紫色假发。

"外面那么大的雪，你没看见吗？"黄凤仪并没有回头去便答道，她正擎着一管口红在描嘴唇。

"乖乖，今晚是周末呢，你不该错过。好货都让那些娃娃钓走啦。"那个肥大的女人双手环搂住黄凤仪的腰，凑近她的耳根下咕哝道，"不过，宝贝，莫着急，我拣了个最肥的留着给你今晚受用呢。"

"算了吧，芭芭拉，"黄凤仪摔开芭芭拉的手，回头嗔道，"上次不知你从什么洞里给我拉来那个狗娘养的——"

"我把你这个小没良心，"芭芭拉拧了一下黄凤仪的面腮，嘎着声音笑了起来，"谁教你连没长毛的小狗儿也拉进屋里去？我不是跟你说过？老的好，四五十岁的'糖爹爹'最甜！你等着瞧，你等着瞧。"

说着芭芭拉便离开了酒吧台，不一会，引着一位中年男人走到黄凤仪的跟前来。那个中年男人，身材硕大，穿着得十分讲究，深蓝的西装胸袋口上，露着一角白点子的绿绢，巨大的手掌小指上戴一只蓝宝珠子的方金戒指。一头银白的头发，把他肥胖的面腮衬得血红。

"老爷，这就是我们这里的蒙古公主了。"芭芭拉指着黄凤仪介绍道。

"哈啰，公主。"中年男人颔首笑道。

"怎么样，老爷，不替我们公主买杯酒吗？"芭芭拉向那个中年男人挤了一下媚眼。

"你喜欢喝什么呢，公主？"中年男人朝着黄凤仪很感兴味地上下打量起来。

"血腥玛丽。"黄凤仪说道。

芭芭拉和那个中年男人一齐放声呵呵大笑起来。

"难道你不怕血吗？"中年男人凑上前一步调侃道。

"我就是个吸血鬼。"黄凤仪说。

芭芭拉笑得大喘起来，那个中年男人也笑得呛住了，他掩住了嘴，哑咳着说道：

"世界上有这样美的吸血鬼吗——"

"乔治，"芭芭拉用手帕向酒保招挥道，"替我们公主调杯'血腥玛丽'，给这位老爷一杯威士忌，不掺水的。"

"来了，老板娘。"酒保应道，很快地配了两杯酒来。中年男人将那杯"血腥玛丽"递到黄凤仪的手上，自己擎着一杯威士忌对黄凤仪说道：

"公主，容我向你致最高敬意。"他喝了一口酒，便执起了黄凤仪的一只手，在她手背上轻轻地吻了一下。黄凤仪仰起了头,下巴扬起,微闭着眼睛,将那杯血浆一般红艳的酒液,徐徐地灌进了嘴里去,于是芭芭拉便在旁边鼓掌喝起彩来。

酒吧快打烊的时候,中年男人坐在黄凤仪身边,把他那张喝得红亮的胖脸凑到她面上去。

"公主——"他乜斜了醉眼含糊地叫道,然后和她咬着耳朵咕哝起来。黄凤仪一把将中年男人推开,她歪斜了头瞅着他,突然,她娇笑了起来嗔着他道:

"你急什么? 老蜜糖!"

《现代文学》第三十七期

一九六九年三月

夜 曲

下午四点钟左右，吴振铎医生又踱到客厅的窗边，去眺望下面的街景去了。吴振铎医生穿了一件 Pierre Cardin 深蓝色的套头毛衣，配着一条浅灰薄呢裤，颀长的身材，非常俊雅。他那一头梳刷得妥妥帖帖的头发，鬓角已经花白了，唇上两撇胡髭却修得整整齐齐的。吴振铎这层公寓，占了枫丹白露大厦的四楼，正对着中央公园，从上临下，中央公园西边大道的景色，一览无遗。这是一个暮秋的午后，感恩节刚过，天气乍寒，公园里的树木，夏日蓊郁的绿叶，骤然凋落了大半，嶙嶙峋峋，露出许多苍黑虬劲的枝干来。公园外边行人道那排老榆树，树叶都焦黄了，落在地上，在秋风中瑟瑟地滚动着。道上的行人都穿上了秋装，今年时兴曳地的长裙，咖啡、古铜、金黄、奶白，仕女们，袅袅娜娜，拂地而过，西边大道上，登时秋意嫣然起来。在这个秋尽冬来的时分，纽约的曼哈顿，的确有她一份繁华过后的雍容与自如,令人心旷神怡。然而这个下午,吴振铎却感到有点忐忑不安起来,因为再过一个钟头,五点钟,吕芳就要来了。

客厅里那张椭圆形花梨木般红厚重的咖啡桌上,摆上了一套闪亮的银具:一只咖啡壶、一对咖啡杯,另外一对杯子盛着牛奶和糖块,还有银碟、银匙,统统搁在一只大银盘里,光灿夺目。早上罗莉泰来打扫的时候,吴振铎从玻璃柜将这套银具取了出来,特地交代她用锌氧粉把杯壶擦亮。罗莉泰托着这套光可鉴人的银具出来时,笑嘻嘻地对他说:"吴医生,今天有贵宾光临吧?"罗莉泰倒是猜对了,这套银具平常摆着,总也没有用过,还是他们结婚十周年,珮琪在第凡妮买来送给他的,丹麦货,定制的,每件银器上面,都精镂着吴振铎姓氏字母W的花纹,十分雅致。银器沾了手上的汗污,容易发乌,所以平常待客,总是用另外一套英国珐琅瓷器,当然,招待吕芳,又是不同了。他记得从前吕芳多么嗜好咖啡,愈浓愈好,而且不加糖,苦得难以下咽。吕芳喝起来,才觉得够劲。吴振铎已经把厨房里煮咖啡的电壶插上了,让咖啡在壶中细细滚,熬上个把钟头,香味才完全出来,回头吕芳来了,正好够味。

吴振铎医生这间寓所,跟中央公园西边大道那些大厦公寓一般,古老而又有气派。四房两厅,客厅特别宽敞。因为珮琪喜欢古董,客厅里的家具陈设,都是古董,那套一长两短的沙发，是维多利亚时代的英国货，桃花心木的架子，墨绿色的真皮椅垫，两张茶几，意大利大理石的台面，莹白润滑，每只茶几上，搁着一盏古铜座的台灯，灯罩是暗金色绸子的。珮琪喜欢逛古董家具店，厅里的摆设，全由她一件一件精心选购而来。只有客厅里靠窗的那架史丹威三脚大钢琴却是他亲自买来，送给珮琪做生日礼物的，这架史丹威，音色纯美，这些年来，只校正过两次音。对于钢琴，珮琪是内行，竟难得她也赞不绝口。钢琴的盖子上，铺上了一张黑色的天鹅绒布，上面搁着一只釉里红的花瓶，里面插着十二枝鲜洁的大白菊，是吴振铎早上出去，经过一家花店，买回来的。他挑选了菊花，而且是那种拳头大圆滚滚的大白菊。他记得从前吕芳那架钢琴头上那只花瓶，瓶里一径插着两三朵大白菊，幽幽地在透着清香，也不知道有多少年没有进过花店了，这次进去，一眼看中的，却仍是那些一球球白茸茸的菊花。他的记性并不算好，珮琪的生日常常忘掉，好不容易记起了那么一次，便赶快去买了一架钢琴送给她。但有些事情，无论怎么琐碎，却总也难以忘却，好像脑里烙了一块疤似的，磨也磨不掉，譬如说，吕芳钢琴头上那瓶白得发亮的菊花。

　　吴振铎对他这间公寓还相当满意，虽说纽约城里的治安愈来愈坏，西边大道，隔壁几条街，经常发生抢劫杀人的凶案，但枫丹白露这一排大厦却相当安全，因为住的人家高尚单纯，住了许多医生。大厦门口,都有看门人守卫,形迹可疑的人物,不容易混进去,而且吴振铎的私人诊所,就开在一楼,夜间急诊,最是方便不过。因此,一住下来,便是十几年,由于习性及惰性,吴振铎也就不打算再搬家了。此外,在长岛的East Hampton 上,他还购买了一幢海滨别墅,周末可以出城去度假。他常带了珮琪和大卫,到别墅的海滨去游泳打球,或者干脆躺在沙滩上晒一个下午的太阳,全家人都晒得红头赤脸回来,把大城里的苍白都晒掉。两年前,珮琪和他分手的时候,他毫不犹豫地便把那幢海滨别墅给了珮琪,珮琪喜欢那里的环境,都是高雅的住宅区,而且大卫又爱在海里划水,给他们母子住,非常合适。珮琪倒是做得很漂亮,很决绝,城里公寓的东西,她一件也不取。她对他说,过去的让它过去,一切从头再来,珮琪到底有美国犹太人勇敢直前的精神,离婚后的生活,成绩斐然。她重新教起钢琴来,大大小小收了十几个学生。而且开始交男朋友,跟一个做房地产的经纪商人过往甚密。大概是受了珮琪的鼓舞吧,吴振铎也跃跃欲试起来,到第五大道萨克斯去添置了几套时髦的新衣,胡髭头发也开始修剪得整整齐齐。那天他约了西奈山医院那个既风趣又风骚的麻醉师,安娜·波兰斯基女士——一个波兰没落贵族的后裔——一块儿到大都会去听 Leontyne Price 的《阿依达》,他心中也不禁将信将疑:半百人生,难道真还可以重新开始?上次珮琪来找他,商量大卫明年上哈佛大学的事宜，他请她到五十七街那家白俄餐馆 Russian Tearoom 去吃俄国大菜，基辅鸡，两个人三杯"凡亚舅舅"下肚，竟谈得兴高采烈起来——从前两夫妻在一块儿，到了末期，三天竟找不出两句话——珮琪滔滔不绝，谈到她那位炒房地产的男朋友，容光焕发。奇怪的是，他竟没感到一丝醋意，反而替她高兴，那么快便找到了对象，使得他也感到心安得多。结缡十八年，珮琪很努力，一直想做个好太太，连自己的音乐事业都搁下了，一心一意，帮助他成为一个成功的医师。珮琪对于他的成就，真是功不可灭。珮琪的父亲金医生是国际知名的心脏科权威，也是吴振铎在耶西华大学爱因斯坦研究院念书时候的指导教授。金医生不但把一身本事传给了这位中国女婿，而且一把将他提到纽约的上流圈子里去，加上珮琪八面玲珑的交际手腕，吴振铎在纽约一路飞黄腾达，继承了金医生的衣钵，成为一个心脏科名医，连派克大道上有几个大亨名流都来找吴医生看病。前年金医生退休，他在耶西华大学的亚伯·爱因斯坦讲座，传给了吴振铎。他一生的事业，终算达到了巅峰。那天在爱因斯坦研究院举行了交接仪式后，回家的路上，珮琪突然掩面悲泣起来："查理，我已经尽了最大的努力了。"那一刻，他也确实感到，他和珮琪，夫妻的缘分已尽。他只有愧歉，觉得浪费了她的青春，她的生命。他终于不得不承认，他从来没有真正爱过珮琪，从来没有过。婚前那三个月的热烈追求，回想起来，只不过因为他那时特别寂寞,特别痛苦,需要安慰,需要伴侣罢了。他等吕芳的信,足足等了两年,等得他几乎发了狂。可能么?他对一个女孩子真的曾经那般神魂颠倒过么?当然,他那时只不过是一个二十五岁的学生,而且又是初恋。

振铎:

　　我又回到美国来了,现在就在纽约,很想跟你见一次面——

吕芳的信终于来了,可是却迟到了二十五年。

吴振铎走进厨房里,咖啡的浓香已经熬出来了。他把电壶拨到低温,又从碗柜里,找出了一盒英国什锦饼干,用一只五花瓣的水晶玻璃碟盛了一碟,拿到客厅里,搁在花梨木咖啡桌上的银盘里。还不到五点钟,客厅里已经渐渐黯淡下来,吴振铎把茶几上的两盏台灯捻燃,暗金色的光晕便溶溶地散荡开来。下午罗莉泰问他,要不要在家里吃饭,他告诉她,晚上要请客人出去上馆子,趁机也就把她打发了出去。回头吕芳来了,他要跟她两人,单独相聚一会儿。罗莉泰爱管闲事,太啰唆,不过这两年,他的饮食起居倒还全靠她照顾。罗莉泰是古巴难民,卡斯特罗把她的咖啡园没收了,儿子又不放出来。罗莉泰常常向他唠叨往事,一谈到她儿子,就哭个不停。起初他还礼貌地听着,后来她一开口,他便借故溜掉。

日间病人的烦怨苦楚，他听得太多，实在不愿再听罗莉泰的伤心史。这些年来，他磨炼出一种本事，病人喋喋不休的诉苦，他可以到达充耳不闻的境界。前天早上，费雪太太的特别护士打电话来告急，他赶到她派克大道那间十二层楼的豪华公寓时，费雪太太刚断气，心脏衰竭急性休克而死，死的样子很狰狞，死前一定非常痛苦。他把那床白缎面的被单盖覆到她那张老丑而恐怖的脸上时，他的第一个反应是觉得大大地松了一口气。费雪太太不必再受罪，他也得到了解脱。这位阔绰的犹太老寡妇，给他医治了七年多，夜间急诊，总不下十五六次。她经常地害怕，怕死，一不舒服，就打电话来向他求救，有时半夜里，她那断断续续带着哭音的哀求，听得他毛骨悚然。有时他自己也不禁吃惊，怎么会变得如此冷淡，对病人的苦痛如此无动于衷起来。他记得初出茅庐，独立医治的第一个病人，是一个年轻的女孩子，学艺术的，人长得很甜，不幸却患了先天性心脏瓣膜缺损，他尽了全力，也没能挽回她的生命。那个女孩子猝然病逝后，有很长一段日子，他寝食难安，内心的沮丧及歉疚，几乎达到不堪负荷的程度。那是他第一次惊悟到，人心原来是一颗多么复杂而又脆弱的东西。做一个医生，尤其是心脏科的医生，生死在握，责任又是何等地严肃、沉重。他不禁想到他父亲吴老医生悬壶济世的精神来。他父亲早年从德国海德堡大学学成归国后，一直在中国落后偏僻的内地行医，救济了无数贫病的中国人。

抗战期间，国内肺病猖狂，吴老医生在重庆郊外歌乐山疗养院主持肺结核防治中心，他记得他父亲白发苍苍，驼着背终日奔走在那一大群青脸白唇，有些嘴角上还挂着血丝的肺病患者中间，好像中国人的苦难都背负在老医生那弯驼的背上似的。胜利后，他父亲送他留美学医，临离开上海时，吴老医生郑重地嘱咐过他两件事：一定要把医术学精；学成后，回到自己的国家，医治自己的同胞。他父亲的第一个愿望，他达到了，第二个却未能履行，当然，许多原因，使他未能归国，譬如国内的战事，而且珮琪也绝对不肯跟他回中国去。但是如果吕芳的信，头一年就来了——哪怕就像这封迟到的信，只有短短两行——他相信，论文赶完，他可能也就回国去了，去找吕芳。那时，他是那么莫名其妙地爱恋着弹肖邦夜曲的那个女孩子。

吴振铎走到那架史丹威钢琴前面坐了下来，不经意地弹了几下，肖邦那首降D大调的夜曲，他早已忘却如何弹奏了。对音乐的欣赏，近年来，他的趣味变得愈来愈古典，愈严峻。莫扎特以后的作曲家，他已经不大耐烦。他不能想象自己曾经一度那样着迷过肖邦那些浪漫热情的曲调。当然，那都是受了吕芳的影响。那时他们都住在曼哈顿西边的六十七街上。吕芳那幢公寓房子里，住了几个朱丽亚音乐学院的女学生，拉拉弹弹，经常有人在练提琴钢琴。平常他也不太注意，有一天傍晚，那是个温热的仲夏夜，曼哈顿的夜空刚刚转紫，他从爱因斯坦研究院做完解剖实验回来，身上还沾了福尔马林的药味。经过吕芳那幢公寓时，临街那扇窗子窗帘拉开了，里面燃着晕黄的灯光，靠窗的那架乌黑的钢琴头上，一只宝蓝的花瓶里，高高地插着三朵白得发亮的菊花。有人在弹琴，是一个穿着丁香紫衣裳，一头长长黑发的东方女郎，她的侧影正好嵌在晕黄的窗框里。肖邦那首降 D 大调的夜曲，汩汩地流到街上来，厮进了那柔熟的夜色里。他伫立在街边，一直听完了那首夜曲，心中竟漾起一阵异样的感动。后来他认识了吕芳，发觉她并没有他想象的那么美，她是一个浓眉大眼、身材修长的北方姑娘，带着几分燕赵儿女的豪俊。而她所擅长的，也并不是夜曲那一类纤柔的作品，而是肖邦那些激昂慷慨一泻千里的波兰舞曲。肖邦逝世百周年纪念，在卡耐基礼堂举行的钢琴比赛会上，吕芳赢得了一项优胜奖，演奏的就是那首气势磅礴的《英雄波兰舞曲》。吕芳有才，但那还不是吴振铎敬爱她的主要原因。跟她接近以后，他发现，吕芳原是一个胸怀大志，有见解，有胆识的女子。开始他也并没有料到他对吕芳，会那样一往情深。只觉得两人谈得很投契，常常在一起，谈理想，谈抱负。吕芳出身音乐世家，父亲是上海音乐学院的名教授。她要追随父志，学成后，回国去推广音乐教育，"用音乐去安慰中国人的心灵"。他自己那时也有许多崇高的理想和计划：到苏北乡下去办贫民医院。他记得抗战后，曾经跟着他父亲到盐城一带去义诊，苏北地瘠人穷,他看到当地的人,水肿疥癞,烂手烂脚,真是满目疮痍。

那段时期跟他们常在一起的,还有大炮高宗汉,神童刘伟,三个人围着吕芳,三星捧月一般,周末聚在百老汇上一家犹太人开的咖啡店里,那家的咖啡煮得特别香,点心也不错,吕芳一杯又一杯,不停地喝着不放糖的浓咖啡,高宗汉在一本拍子簿上,画了一张中国地图,一支红铅笔在那张秋海棠的叶子上,一杠过去,从东到西——那是高宗汉替中国设计的铁路,从东北的长春横跨大漠直达新疆的伊犁。高宗汉在布鲁克林理工学院学土木工程,专攻铁道。他是个六尺轩昂的东北大汉,家里是个地主,有几百头牛羊,思想却偏偏激进,大骂东北人封建落后,要回到东北去改革。他的嗓门大,又口无遮拦,高谈阔论起来,一副旁若无人的狂态,一杠红笔下去,好像中国之命运都决定在他手中了似的。他那时专喜欢跟高宗汉抬杠,把他叫作布尔什维克恐怖分子。高宗汉也反唇相讥,笑他是小布尔乔亚的温情主义者,当然,高宗汉是笑他在追吕芳,吕芳倒也不偏袒,看见他们两人争得面红耳赤,只是笑着。刘伟却安静得多了,他人小,五短身材,戴着一副酒瓶底那么厚的近视眼镜,等他们争罢了,他才慢条斯理地耸耸眼镜,说道:"肥料,中国现在最需要的,就是化学肥料!"刘伟在哥伦比亚念化工,二十五岁便拿到了博士,论文是写氮肥的合成法。就那样,几个人在咖啡店里,高论国家兴亡,一直泡到深更半夜。那一段日子,他确实是快乐而丰富的。直到一九五一年，吕芳、高宗汉、刘伟几个人都比他先毕业，一同回国去了，他才突然感到完全孤立起来。他对吕芳是那样地依恋不舍，一直从纽约送她到旧金山去。吕芳临上船时，答应过他，一到上海，就马上给他来信。他们三个人坐的是克利佛兰总统号，三个人并肩立在甲板上，靠着栏杆，船开航了还在向他招手。吕芳夹在中间，头上系着一块大红的丝巾，三个都笑得那般灿烂，就好像加利福尼亚一碧如洗的蓝空里，那片明艳的秋阳一般。然而，二十五年，人世间又该经过多少的沧桑变化了呢？吴振铎不禁唏嘘起来，他抬眼看到钢琴上那一大捧菊花，插在那只桃红的花瓶里，上面盈盈的水珠还没有干，一球球白得那般鲜艳，那般丰盛。吴振铎用手捋一捋发鬓，大概吕芳也是一头星星白发了吧？吴振铎有点怅然起来，他突然又想到那个仲夏夜里，吕芳弹着肖邦夜曲，窗中映着的侧影来。今晚他真是要跟吕芳好好地谈谈心，话话旧，两个人再重温一下那逝旧的岁月。

吕芳的头发并没有变白，只是转成了铁灰色，而且剪得短短的，齐着耳根，好像女学生一般。她的人倒是发胖了，变得有点臃肿，穿着一套宽松粗呢沉红色的衣裤，乍看去，反而变得年岁模糊不清。

"老了，是吗，吕芳？"吴振铎发觉吕芳也在打量他，一边接过她那件深灰色的大衣，对她笑着说道。

"上了点年纪,你倒反而神气了,振铎。"吕芳也笑着应道。

吴振铎替吕芳将大衣挂到壁橱里，然后去把咖啡倒进了银壶，替吕芳斟了一杯，热腾腾的咖啡，浓香四溢起来。

"你喜欢黑咖啡，我熬得特别浓。"吴振铎弯下身去，把银杯搁在银碟里，双手捧了给吕芳。

"太浓的咖啡，现在倒不敢喝了，"吕芳抬起头来笑道，"怕晚上失眠。"

"那么加些牛奶跟糖好么？"吴振铎夹了两块糖放到吕芳的咖啡里，又替她倒上了牛奶，自己才斟了一杯，在吕芳对面的沙发上坐了下来。

"吕芳，讲讲你的故事来听吧！"吴振铎望着吕芳微笑道，"你信上什么也没有说。"

吕芳笑了一笑，低下头去，缓缓地在啜着热咖啡。

"你要听什么？"

"什么都要听！这些年中国发生了这么多事！"

"那还了得！"吕芳呵呵笑了起来，"那样三天六夜也讲不完了！先说说你自己吧！你这位大医生，你的太太呢？"

"她是美国人，美国犹太人——我跟她已经分开了。"

"哦！是几时的事？"

"两年了，她也是弹钢琴的，还是你们朱丽亚的呢！不过，她的琴弹得没有你好。"

"你说说罢咧。"吕芳摇着头笑道。

"她弹肖邦，手重得很，"吴振铎皱起眉头，"而我对她说：

'肖邦让你敲坏啦!'"说着吴振铎跟吕芳都笑了起来。

"你呢,吕芳?你先生呢?他是什么人?"

"巧得很,我先生也是个医生,外科医生,留英的。"

"哦?他也跟你一块儿出来了么?"

"他老早不在喽,死了快八年了。"

"吕芳,"吴振铎凝望着吕芳,"我们都走了好长一段路了。"

"我的路走得才远呢!"吕芳笑道,"兜了一大圈,大半个地球,又回到了原来的地方,那天经过朱丽亚,一时好奇,走了进去,有人在练歌剧,唱《茶花女》——我简直不敢相信自己又回到了纽约来。"

"吕芳,这些年你到底在哪里?你的消息,我一点也不知道!"

吴振铎把那碟英国什锦饼干捧起来递给吕芳,吕芳拣了一块夹心巧克力的,蘸了一下杯里的咖啡,送到嘴里,慢慢咀嚼起来。

"大部分的时间都在上海,我回去后,他们把我派到上海音乐学院去教书。当然,其间全中国都跑遍了,最远还到过东北去呢。"

"你大概桃李满天下了,"吴振铎笑道,"从前你还发过宏愿:要造就一千个学生。"

"一千个倒没有,"吕芳也笑了起来,"一两百总有了吧。当然,那是刚回去那几年的事,那时倒真是干劲十足,天天一早六点钟便爬起来骑脚踏车去教书去了。中国的学生实在可爱！上海冬天冷，教室没有暖气，那些学生戴了露手指的手套，也在拼命地练琴，早上一去，一个音乐学院都是琴声。我有一个最得意的学生，给派到莫斯科去参加比赛，得到柴可夫斯基奖第二名，跟美国的 Van Cliburn 只有半分之差！我真感到骄傲，中国人的钢琴也弹得那么好——可惜那个学生在'文革'时让红卫兵把手给打断了。"

"是吗？"吴振铎微微皱了一下眉，"我也听闻一些红卫兵……"

吕芳低下头去，啜了一口咖啡轻轻地舒了一口气。

"吕芳，我要向你兴师问罪！"吴振铎拿起咖啡壶替吕芳添上热咖啡。

"为什么？"

"我要你偿还我两年宝贵的光阴来！你知道，你回国后，我等你的信，足足等了两年！到七百二十九天那天早上，我去开信箱，心里还抱着一丝希望，希望奇迹出现。因为我发过誓：要是那天你的信再不来，我就要把你这个女人忘掉！"吴振铎说着自己先哈哈地笑了起来，"吕芳，其实我一直没有忘掉你，常常还想起你来的。你为什么一去音讯俱杳？你曾经答应过，回去马上来信的！"

吕芳一直望着吴振铎微笑着，隔了好一会儿说道：

"我一回到上海，公安局便派人来要我交代海外关系。

他们问得很详细,而且什么都知道。我在纽约去看过国民党办的一个国画展,他们不知怎么也知道了,问我画展的门票多少钱。一共问了三次,我前后答错了,惹了许多麻烦,还用书面交代了半天。一进去,里面是另外一个世界,跟外面的关系,切断还来不及,还去自找麻烦?而且——"吕芳迟疑了一下,"我怕我写信给你,你也会跑了回去。"

"吕芳——"吴振铎手上的银咖啡杯搁到那张花梨木的咖啡桌上。

"振铎,我在里头,很少想到你,想到外面,"吕芳定定地注视着吴振铎,"回去后,等于是另外一生的开始。可是有一次,我却突然想起你来,六七年,'文化大革命'闹得最凶的时候,我们音乐学院首当其冲,被列为资本主义学阀大本营,给整得很厉害。教西洋音乐的先生们,尤其是留过学的,统统打成了黑帮,变成革命的对象。群众冲击,红卫兵冲到我家里,把我带回去的两百多张唱片砸得粉碎,几箱琴谱,我一夜都来不及烧。当然我们一个个都挨斗了,斗我的时候,要我向群众认罪。平常我并没有犯过政治错误,最大的错误不该是个留美学生。我站到一只肥皂箱上,转了一圈,嘴里一直念着:'我是洋奴。''我是洋奴。'真是装疯呀,那一刻,我突然想起你来,心里暗自嘀咕:'幸好吴振铎没有回来!'"

"咳,吕芳!"

"你不知道,我那时成了有名的'洋奴',个个都叫我'吕洋奴'——"吕芳咯咯地笑了起来,"大概我确实有点洋派吧,喜欢穿几件外国带回去的衣服,而且还有洋习惯,爱喝咖啡,这也教我受了不少累!香港亲戚有时寄罐咖啡给我。有学生来看我,我便煮点咖啡招待他们——谁知道这却变成了我主要罪状之一:毒化学生思想。其实我的'洋奴'罪名恐怕真还救了我一条命哩!'洋奴'还不是'反革命',不必治死,在里头,想不出个好罪名来,是过不了关的——"

"真亏了你,吕芳——"吴振铎含糊地说道。

"我还算好,整个'文革'只挨过一鞭,"吕芳指了指左边肩膀笑道,"就打在这里。有一个时期,我们统统关进了学校里,隔离审查,吃饭睡觉都是集体行动。从宿舍到饭厅大约有两百米,每天吃饭,我们都是排队走去的,不过,要一直弯下身,九十度鞠躬,走到饭厅去,那些红卫兵在我们身后吆喝着,手里拿着长皮鞭,赶牛赶羊一般,哪个落了队,便是一鞭过去。有一次,我是在最后,腰实在弯痛了,便直起身来伸了一下,嗖的一声,左肩上便挨了一鞭,疼得我跳起来,回头一看,那个红卫兵,最多不过十五六岁,又瘦又小,头上的帽子大得盖到眉上。我们一个照面,两人同时都吃了一惊,我看见他一脸青白,嘴唇还在发抖。那些孩子大概给自己的暴行也震住了。我只不过挨过一鞭,我们院长却给斗得死去活来,趴在地上逼着啃草。好几位先生熬不住都自杀了。我们钢琴系一位女教授,留英的,是个老处女。红卫兵把她带回去的奶罩三角裤统统搜出来,拿到校园里去展览。那个老处女当夜开煤气自尽了,她穿上旗袍高跟鞋,涂得一脸胭脂口红,坐得端端正正死去的。红卫兵走了,工宣队又驻了进来,七折八腾,全国最好的一家音乐学院,就那样毁掉了——"

吕芳耸了耸肩膀,苦笑了一下。

"真是的,"吴振铎喃喃应道,"你先生呢?"

"他本来是上海同济大学医学院的外科医生,'文革'一来就给下放了,一直放到湖北黄冈一个乡下又乡下的地方,他最后一封信说,那里的蚊子,随便一抓就是一把。他怎么死的,几时死的,我到现在还不清楚。有好长一段时间,我以为他仍旧活着——"吕芳摇了摇头,"我跟他的感情其实并不很好,两人在一起,常吵架,但那几年,我却特别想念他,我一个人在上海完全孤立了起来,连找个人说话也找不到。偏偏那时却患上了失眠症,愈急愈累愈睡不着。上海八九点钟,大家都熄灯在家里躲了起来。一个几百万人的都市,简直像座死城。我躺在床上,睁大眼睛,望着窗外一片漆黑,真是感到长夜漫漫,永无天明一般——"

"你的失眠症怎么了?现在还吃药么?"吴振铎关切地问道。

"有时还吃安眠药。"

"安眠药不好,我来给你开一种镇静剂,不太影响健康的。"

"来到纽约后,我的失眠症倒减轻了许多。一个月最多有四五晚。你不知道我现在多么贪睡,没有事,便赖在床上,一直睡到下午两三点也不肯起来。"说着吕芳自己笑了起来,吴振铎起身执起银壶又替吕芳添上热咖啡,吕芳垂下头去,喝了两口,她把托杯子的银碟放回桌上,双手握着咖啡杯,一边取暖,一边出起神来。在朦胧柔和的暗金色灯光下,吴振铎突然怵目到吕芳那双手,手背手指,鱼鳞似的,隐隐地透着殷红的斑痕,右手的无名指及小指,指甲不见了,指头变成了两朵赤红的肉菌,衬在那银亮的镂着 W 花纹的咖啡杯上,分外鲜明。吕芳也似乎察觉到吴振铎在注视她的手。

"这是我在苏北五七农场上的成绩。"吕芳伸出了她那只右手,自己观赏着似的。

"你到苏北去过了么?"

"在徐州附近劳动了两年,那是'文革'后期了。"

"从前我跟父亲到过盐城,那个地方苦得很呢。"

"现在还是一样苦,我们那个农场漫山遍野的杂草,人那么高。有一种荆棘,顶可怕!开一团团白花的,结的果实爆开来,一球球的硬刺。我们天天要去拔野草,而且不许带工具,拢下来,个个一双手都是血淋淋的,扎满了刺,那些刺扎进肉里,又痛又胀。晚上在灯下,我们便用针一根根挑出来。我这只手指甲里插进了几根,没有挑干净,中毒化脓,两只手指肿得像茄子,又乌又亮——只好将指甲拔掉,把脓挤出来——"

"吕芳——"

吴振铎伸出手去,一半又缩了回来。吕芳从前那双手,十指修长,在钢琴键盘上飞跃着,婀娜中又带着刚劲。吕芳很得意,手一按下去,便是八个音阶。那次在卡耐基礼堂中,肖邦逝世百周年比赛会上,吕芳穿着一袭宝蓝的长裙,一头乌浓的长发,那首《英雄波兰舞曲》一奏完,双手潇洒地一扬,台下喝彩的声音,直持续了几分钟。台上那只最大的花篮便是他送的,有成百朵的白菊花。吕芳一向大方洒脱,两人亲昵也不会忸怩作态。周末他有时请她出去,到 Latin Quarter 去跳舞,握着她的手,也只是轻轻的,生怕亵渎了她。他对吕芳的情感、爱慕中,总有那么一份尊敬。

"吕芳,"吴振铎望着吕芳,声音微微颤抖地叫道,"有时我想到你和高宗汉、刘伟几个人,就不禁佩服你们,你们到底都回去了,无论怎么说,还是替国家尽了一份力。"

"高宗汉么?"吕芳又拣了一块饼干,嚼了两口。

"你们回去还常在一起么?"

"没有,"吕芳摇了摇头,"他给分派到北京,那么多年,我只见过他一次。"

"哦?"

"那还是六六年,'文革'刚开始,我给送到北京社会主义学院去学习。有一天，在会堂里，却碰见了高宗汉。我们两人呆了半天，站在那里互相干瞪眼，后来我们没有招呼便分手了。那里人多分子复杂，给送去，已经不是什么好事了，何必还给对方添麻烦？许多年没见到他，他一头头发倒白光了。"

"高宗汉，他回去造了铁路没有？他一直要替中国造一条铁路通到新疆去的。"

"通新疆的铁路倒是老早造好了，可是哪里有他的份？"吕芳笑叹道，"他回去没有多久便挂上了耳朵。"

"挂耳朵？"

"这是我们里头的话！"吕芳笑了起来，"就是你的档案里，思想栏上给打上了问号——"吕芳用手画了一个耳朵问号，"你晓得的，高宗汉是个大炮，他老先生一跑回去，就东批评，西批评，又说里面的人造铁路方法落后，浪费材料，这样那样，你说多么遭忌？有一阵子，国内真的有计划造铁路通新疆了，老高兴奋得了不得，到处向人打听造路的蓝图。他在朋友家里，碰见了一个他们铁道部的工程师，还是个清华毕业生，大概是参加筑路计划的，他兴冲冲向人家盘问了一夜。那个人写了封信，密告到他组织里。那条铁路，通西伯利亚，与国防有关，一个留美学生，查问得那么详细，居心何在？就那样，那封密告信便像一道符咒，跟了高宗汉十几年，跟到他死那一天——"

"高宗汉——他死了么？"吴振铎坐直了起来，惊问道。

"这些事都是他太太告诉我的——"吕芳叹了一口气,"他太太后来调到上海工作,跟我私下还有些交往,她叔叔是高干,托人打听出来的。老高自己,遭人暗算,至死还蒙在鼓里。他在铁道部一个单位里窝了十几年,做了绘图员,总也升不上去。老高的个性,怎么不怨气冲天?同事们都讨厌他,一有运动,便拿他出去斗,他是地主家庭出身,又留美,正是反面教材的好榜样!'文革'老高给整得很惨,被罚去拖垃圾,一天拖几十车,拖得背脊骨发了炎,还是不准休息。有一天,他的尸体给人发现了,就吊在垃圾坑旁的一棵大树上——"

"嗳——"

"他这一死不打紧,可就害苦了他的太太,自杀者的家属,黑上加黑。他太太打电话到火葬场,那时北京混乱,死的又多,火葬场本来就忙,何况又是个'自绝于人民'的罪人?便不肯去收尸。你知道,北京的夏天,热得多么凶猛?两三天尸体便肿了起来。他太太没法子,只好借了一架板车,跟两个儿子,母子三人,把高宗汉的尸体盖上了油布,自己拖到火葬场去。走到一半,尸体的肚子便爆开了,大肠小肠,淋淋漓漓,洒在街上,一直洒到火葬场——他太太苦苦哀求,火葬场的人才肯把尸体烧化,装进骨灰匣里去——"

吕芳和吴振铎两人都垂下了眼睛,默默地对坐着,半晌,吕芳才黯然说道:

"临走前,我还去祭了他的。我买了一只小小的花圈,夜里悄悄掩进了他太太家,他太太不敢把他的骨灰匣摆出来,一直都藏在书架后面,我去了才拿出来,我把花圈摆上去,鞠了三鞠躬,算是向他告了辞——"

吴振铎半低着头,一直静静地听着。

"吕芳——你知道——"吴振铎清了一清喉咙,缓缓地抬起头来,"有一阵子,我还深深地嫉恨高宗汉——"

"你嫉恨高宗汉?"

"也怨恨过你!"吴振铎苦笑道,"你一直不给我写信,我便疑心你和高宗汉好了,从前高宗汉也常常约你出去,我知道你一向对他很有好感——而且,你们又是一块儿回去的。"

"我很喜欢高宗汉,喜欢他耿直热心,但我从来没有爱过他。"

"我嫉恨高宗汉,还有一层原因——我一直没肯承认,"吴振铎的脸上微微痉挛起来,"他有勇气回国去了,而我却没有。这是我多年的一个心病,总好像自己是个临阵逃脱的逃兵一般。你知道,我父亲——他也是个医生——死了几十年了。平常我也很少想起他来。可是接到你的信以后,一夜两夜,我都梦见他,梦见他不住地咯血,我怎么止也止不住,便拼命用手去捂他的嘴巴。他是个肺结核专家,救过许多人的命。他一直是要我回去的,去医治中国人的病。你看,吕芳,我现在是有名的心脏科医生了,可是我一个中国人也没有医过,一个也没有——"

"中国人的病，恐怕你也医不好呢。"吕芳淡淡地笑道。

"我跟珮琪结婚后，我们的朋友全是美国人，中国朋友，我一个也没交，中文书也不看，有时在《纽约时报》上看到中国大陆的消息，'百花齐放'、'大跃进'、'文化大革命'等等，也不过当作新闻报道来看看罢了。我有一个姑妈，前年从中国大陆出来，到了旧金山跟我表姊住。她七十多岁了，她在信上说，在中国大陆曾经吃过许多苦，弄得一身的病，很希望见我一面。去年我到夏威夷开会，经过旧金山，我本可以停一晚去探望她的，可是我没有，一直飞到檀香山去了。后来我感到很过意不去，觉得自己太狠心——其实我想大概我害怕，怕见到我姑妈受苦受难的模样——"

吴振铎干笑了一下。

"吕芳，你真勇敢，那样大惊大险，也熬过来了。"

"我倒想问问你，振铎。"吕芳笑道，"你是个医生，你给我解释一下。一个人在极端危难的时候，肉体会不会突然失去知觉，不再感到痛苦？"

"这个，倒有人研究过，二次大战，纳粹集中营里的犹太俘虏，就曾经发生过这种现象，这也是一种极端的心理上的自我防卫吧。"

"他们替我拔指甲的时候，我整条右臂突然麻掉了，一点也不知道痛。刘伟也跟我说过，有好几年，他一点嗅觉也没有。"

"对了，刘伟呢？神童怎么样了？"

"他比高宗汉乖觉得多，学会了见风转舵，所以许多运动都躲了过去，一直在上海龙华第二肥料厂当工程师。'文革'一来，也挨了！给下放在安徽合肥乡下，挑了三年半的粪。他人又小，一个大近视，粪桶压在背上，寸步难行，经常泼得一身的粪，一头一背爬满了蛆。他说，他后来进厕所，如入鲍鱼之肆，久而不闻其臭！"

吕芳和吴振铎相视摇着头笑了起来。

"在里头，我们都练就了一套防身术的，"吕芳笑叹道，"刘伟把这个叫作什么来着？对了！'金钟罩铁布衫'！神童真是个宝贝。"

"你的咖啡凉了，我再去温些热的来。"吴振铎起身擎起银壶。

"够了，不能再喝，"吕芳止住他道，"再喝今晚真要失眠了。"

"吕芳，你出来后，检查过身体么？健康情形如何？"吴振铎关注地问道。

"我一直有高血压的毛病，前两个月还住过院。医生告诉我，我的心脏有点衰弱。"

"你的心脏也不好么？"

"全靠得了病，"吕芳笑道，"才请准退休，设法出来。我向我们组织申请了五年，才申请到许可证。"

"吕芳,你现在——生活还好么?"吴振铎试探着问道。

"我现在跟我姊姊住在一起,是她申请我出来的,她对我很照顾,"吕芳说着,低下头去看了一看手表,沉吟了一下,说道,"振铎,今天我来,有一件事想请你帮个忙,可以?"

"当然可以!"吴振铎赶紧应道。

"你能不能借给我两千块钱——"

吴振铎正要开腔,吕芳却忙阻止他道:

"不过有一个条件:你一定要答应让我以后还给你。等我身体好些,也许再找些学生,教教钢琴什么的,慢慢凑出来。如果你不答应,我就不借了。"

"好的。"吴振铎迟疑着应道,他立起了身来,走到客厅一角一张大写字台前,捻亮台灯坐下,他打开抽屉,取出了支票簿,写了一张两千块的支票。他又拿出一只蓝信封,把支票套进里面,才拿去递给吕芳。

"谢了,振铎。"吕芳也立起身来,接过信封,随手塞进了衣袋里。

"吕芳——"

吕芳径自走向大门,吴振铎赶紧跟了过去。

"我的大衣呢?"吕芳走到门口,回头向吴振铎笑道。

吴振铎从壁橱里,把吕芳那件深灰色的大衣取了出来,替吕芳披上,他双手轻轻地按到了吕芳的肩上。

"吕芳,"吴振铎低声唤道,"我在 Russian Tearoom 订了一个座。我请你去吃顿晚饭好么？那家白俄餐馆的菜还不错，地方也优雅，我们再好好谈谈，这次见面，真是难得。"

"不了，振铎，"吕芳回转身来，一面扣上大衣，"今天也谈够了。而且我还跟我姊姊约好，一块儿吃饭的，就在这里转过去，百老汇上一家中国餐馆。"

"吕芳，要是你早跟我联络上就好了，让我来医治你。过两天，你到我楼下诊所来好么？我替你彻底检查一次。"

"振铎——"吕芳垂下了头去，幽幽说道，"其实一年前，我一到纽约就查到你的地址了。"

"噢，吕芳！"

"老实跟你说吧，振铎，"吕芳抬起头来，脸上微微地抽搐着，"本来我是不打算再跟你见面了的，这次回到纽约，什么老朋友也没有去找，只想静静地度过余生。我实在需要安静，需要休息，可是身子又偏偏不争气，病倒在医院里，用了一大笔钱，都是我姊姊垫的，她的环境，也并不很好，我不想拖累她，所以只好来麻烦你。"

"吕芳！"

"我现在生活很满足，真的很满足，我在里头多年梦寐以求的愿望，终于达到了：又回到了纽约来。振铎，我并没有你想象那样勇敢，有两三次，我差点撑不下去了。可是——我怕死在那个地方，看到高宗汉那种下场……死无葬身之地，实在寒透了心。"

吴振铎送吕芳走出枫丹白露大厦，外面已经暮霭苍茫了；中央公园四周高耸入云的摩天大楼，万家灯火，早已盏盏燃起，迎面一阵暮风，凛凛地侵袭过来，冷得吴振铎不由得缩起脖子，连连打了两个寒噤，他下楼时，忘记把外衣穿上了。吕芳将大衣领子翻起，从大衣口袋中拿出一块黑纱头巾把头包了起来。

"吕芳——"

中央公园西边大道上，七八点钟的人潮汹涌起来，吕芳那袭飘飘曳曳的深灰大衣，转瞬就让那一大群金黄奶白各色秋缕淹没了。吴振铎在曼哈顿那璀璨的夜色里，伫立了很久，直到他脸上给冻得发了疼，才转身折回到枫丹白露大厦。

"外面冷呵，吴医生。"穿着红色制服的守门黑人替吴振铎打开了大厦的玻璃大门。

"谢谢你，乔治，"吴振铎说道，他搓着双手，"真的，外面真的很冷。"

《中国时报》

一九七九年一月二十一至二十二日

骨 灰

父亲的骨灰终于有了下落。一九七八年哥哥摘掉帽子从黑龙江返回上海,便开始四处打听,寻找父亲的遗骸了。他曾经数度到崇明岛去查询,可是不得要领,那边劳改农场的领导已经换过几任,下面的人也不甚清楚有过罗任平这样一个人。"文革"期间,从上海下放到崇明岛劳改的知识分子,数以千百计,父亲在交通大学执教,虽然资格很老,但只是一个普通数学教授,还称不上"反动学术权威"。他在崇明岛上的生死下落,自然少有人去理会。那个年代,劳改场上倒毙一两个年迈体衰的知识分子,大概也是一件很平常的事情。哥哥奔走年余,父亲的骨灰下落,始终石沉大海。父亲在崇明岛上劳改了八年,是一九七六年初去世的,离"四人帮"倒台,只差几个月的光景。哥哥信上说,按规定,骨灰保存,时限是三年;三年一过,无人认领,便会处理掉,因此他焦急万分，生怕年限一到，父亲的骨灰流离失所，那么便永无安葬之日了。未料到今年秋天，突然间，峰回路转，交通大学竟主动出面，协助哥哥到崇明岛追查出父亲遗骸的所在。哥哥把父亲的骨灰，迎回上海家中，马上打了一个电话到纽约给我，电话中他很激动，他说交大预备替父亲开追悼会，为他平反，恢复名誉，并且特地邀请我到上海去参加。这，都得感谢美国福斯特惠勒公司。今年六月福斯特惠勒与中国工业部签订了一项合同，卖给北京第一机械厂一批巨型涡轮，这批交易价值三千多万美金，是公司打开中国市场的第一炮，因此分外重视，特别派我率领一个五人工程师团，赴北京训练第一机械厂的技术人员。工业部的接待事项筹划得异常周到，连我们上海徐家汇的老房子也派人去赶着粉刷油漆了一番，并且还新装上电话，以便我到上海参加父亲的追悼会时，可以住在家中，与哥哥团聚。不消说，父亲的追悼会，一定也是细心安排的了。

一九四九年春天，上海时局吃紧，父亲命母亲携带我跟随大伯一家先到台湾，他自己与哥哥暂留上海，等待学期结束，再南下与我们会合。不料父亲这一个决定，使得我们一家人，从此分隔海峡两岸，悠悠三十年，再也未能团聚。母亲在台湾度过了她黯淡的下半生，从她常年悒郁的眼神以及无奈的喟叹中，我深深地感觉到她对父亲那份无穷无尽的思念。最后母亲缠绵病床，临终时她满怀憾恨，叹息道："齐生，我见不到你爹爹了。"她嘱咐我，日后无论如何，要设法与父亲取得联系。

一九六五年我来美国留学，到纽约哥伦比亚大学攻读工程博士，第一件事就是托香港一位亲戚，辗转与父亲联络上，透过亲戚的传递，我与父亲开始通信。我们只通了六封，便突然中断，因为"文革"爆发了。从此，我也就失去了父亲的音讯。哥哥信上说，父亲是因为受了"海外关系"的连累，被打为"反革命分子"的，而我写给他的那几封家书，被抄了出来，竟变成了"里通外国"的罪证。父亲下放崇明岛到底受了些什么罪，哥哥一字未提。他只含蓄地告诉我，父亲一向患有高血压的痼疾，最后因为脑充血，倒毙劳改场上，死时六十五岁。

去中国的行程，都由公司替我们安排妥当，十二月二十日乘泛美航空飞往上海，十九日，我先飞旧金山，打算在旧金山停留一晚，趁便去探望两年没有见面的大伯，在他那里过夜。大伯住在唐人街的边缘，一幢老人公寓里，在加利福尼亚街底的山坡上，是一座灰扑扑四层楼的建筑。里面住的都是中国老人，大多数是唐人街的老华侨，也有几个是从台湾来的。三年前，我到旧金山开会，第一次到大伯的住所去看他，我进到那幢老人公寓，在那幽暗的走廊上，迎面便闻到一阵中国菜特有的油腻味，大概氤氲日久，浓浊触鼻。大伯住在楼底一间两房一厅的公寓里，那时伯妈还在，公寓的家具虽然简陋，倒是收拾得整整齐齐的。客厅正面壁上，仍旧悬挂着大伯和萧鹰将军合照的那张放大相片，相片差不多占了半面墙，框子也新换过了，是银灰色，铝质的。几十年来无论大伯到哪里，他一直携带着那张大相片，而且一定是挂在客厅正面的壁上。那张相片是抗战胜利还都南京的那一年，大伯和萧将军合照的。大伯说，萧将军从来没跟他部下合照过相，那次破例，因此大伯特别珍惜。相中萧将军穿着西装，面露笑容，温文儒雅，丝毫看不出曾是一位声威显赫、叱咤风云的英雄人物。大伯那时大概才三十出头，他立在萧将军身侧，穿了一身深色的中山装，剃着个陆军头，十分英武的模样。大伯南人北相，身材魁梧，长得虎背熊腰，一点也不像江浙人，尤其是他那两刷关刀眉，双眉一耸，一双眼睛炯炯有神，颇有慑人的威严。后来大伯上了年纪，发胖起来，眼泡子肿了，又长了眼袋，而且泪腺有毛病，一径泪水汪汪的，一双浓眉也起了花白，他那张圆厚的阔脸上反而添了几分老人的慈祥。不过他仍旧留着短短的陆军头，正式场合，一定要把他那套深蓝色的毛料中山装拿出来，洗熨得干干净净的，穿在身上。只是他那一双腿，却愈来愈跛了，走起路来，左一拐，右一拐，拖着他那庞大沉重的身躯，显得异常踽踽吃力。从前在台湾，我到大伯家去，大伯常常把我和堂哥拘到跟前，听他数说抗战期间，他在上海"芟除日寇，制裁汉奸"的英勇事迹。说得兴起，他便捞起裤管子亮出一双毛茸茸的

大腿来给我们看,他那双腿是畸形的,膝盖佝曲,无法伸直,膝盖一圈紫瘢累累,他指着他那双伤残的腿对我说道:

"齐生,你大伯这双腿啊,不知该记多少功呢!"

大伯在一次锄奸行动里,被一个变节的同志出卖了,落到伪政府"特工总部"的手里,关进了"七十六号"的黑牢中。大伯在里面给灌凉水、上电刑、抽皮鞭子,最后坐上了老虎凳,而且还加了三块砖,终于把一双腿硬生生地绷折了。大伯被整得死去活来,可是始终没肯吐露上海区的同志名单,救了不少人的性命。抗战胜利,大伯抗日有功,颇获萧将军的器重。那张照片,就是那时拍摄的,而大伯的事业同时也达到了他一生中辉煌的巅峰。到了台湾后,因为人事更替,大伯耿直固执的个性,不合时宜,起先是遭到排挤,后来被人诬告了一状,到外岛去坐了两年牢。七十年代初,大伯终于全家移民到了美国。上一次我到他的公寓去看他,他和伯妈刚从堂哥帕洛阿图那个家搬出来。伯妈趁着大伯去洗手间,朝里面努了努嘴,悄悄对我说道:

"老头子这回动了真怒,和媳妇儿子闹翻了。"

原来大伯住在堂哥家,没事时就给他两个小孙子讲述"民国史",大概就像他从前给我和堂哥两人所上的课类似。偏偏堂嫂却是一个历史博士,专修近代史的,而且思想还相当"左"。她与大伯的"历史观"格格不入,她认为大伯不该尽给她两个儿子讲他那些"血腥事件"。大伯嗤之以鼻,诘问堂嫂道：

"我考考你这个历史博士：萧鹰将军是何年何月何日出事的？出事的地点何在？这件历史大事你说说看。"

堂嫂答不出来，大伯很得意，他说如果他是主考官，堂嫂的博士考试就通不过。堂嫂背地里骂了大伯一句："那个老反动！"大伯却听见了，连夜逼着伯妈便搬了出来。老人公寓房租低，大伯在唐人街一家水果铺门口摆了一个书报摊，伯妈也在一家洗衣店里当出纳，两老自食其力。

"你大伯摆书摊是姜太公钓鱼！"伯妈调侃大伯道。

大伯的书报摊左派书报他不卖，右派的又少有人买，只有靠香港几本电影刊物在撑场面。不过大伯并不在意，他说他跟伯妈两人是在实践"新生活运动"。他又开始练字了，从前他在台湾，有一段日子在家中赋闲，就全靠练字修身养性，后来还真练就了一手好草书，江苏同乡会给他开过一次书法展。那天我去的时候，大伯正在伏案挥笔，书写对联，录的是陆放翁的两句诗："夜阑卧听风吹雨，铁马冰河入梦来。"一手草书写得笔走龙蛇，墨迹还没有干。大伯说，那副对联是写给楼上田将军的，田将军也是一位退了役的少将，从前跟大伯是同一个系统，大伯搬进这幢老人公寓，还是田将军介绍的。田将军画马出名，他的画在唐人街居然还卖得出去，卖给一些美国观光客，他自己打趣说他是"秦琼卖马"。田将军送过一幅"战马图"给大伯，大伯回赠对联，投桃报李。

大伯在对联上落了款，他命我将两幅对联高高举起，他颠拐着退了几步，颇为得意地欣赏着自己的杰作，对我笑道：

"齐生，你看看，你大伯的老功夫还在吧？"

旧金山傍晚大雾，飞机在上空盘桓了二十多分钟才穿云而下，我从窗户望下去，整个湾区都浸在迷茫的雾里，一片灯火朦胧。我到了唐人街，在一家广东烧腊店买了一只烧鸭，切了一盘烤乳猪，还有一盒卤鸭掌——这是大伯最喜欢的下酒菜，打了包，提到大伯的住所去。加利福尼亚街底的山坡，罩在灰蒙蒙的雾里，那些老建筑，一幢幢都变成了黑色的魅影。爬上山坡，冷风迎面掠来，我不禁一连打了几个寒噤，赶忙将风衣的领子倒竖起来。纽约已经下雪了，因为圣诞来临，街上到处都亮起了灿烂的圣诞树，白绒绒的雪花随着叮叮咚咚的圣诞音乐飘落下来，反而给人一种温馨的感觉。旧金山的冷风夹着湿雾，当头罩下，竟是寒恻恻的，砭人肌骨。

大伯来开门，他拄了一根拐杖，行走起来像是愈加艰难了。

"大伯，我给你带了卤鸭掌来。"

我举起手上的菜盒，大伯显然很高兴，接过菜盒去，笑道：

"亏你还想得到，我倒把这个玩意儿给忘了！我有瓶茅台，今晚正用得着这个。"

我放下行李箱，把身上的风衣卸去。大伯公寓里，茶几、沙发,连地上都堆满了一叠叠的旧报纸、旧杂志,五颜六色,非常凌乱,大概都是卖剩下的。

"喏,这就是任平的小儿子——齐生。"

大伯拄着拐杖,蹭蹬到饭桌那边,把菜盒搁到桌上。这下我才看见,饭桌那边,靠着窗户的一张椅子上,蜷缩着一个矮小的老人,大伯在跟那个老人说话。老人颤巍巍地立起,朝着我缓缓地移身过来,在灯光下,我看清楚老人原来是个驼背,而且佝偻得厉害,整个上身往前倾俯,两片肩胛高高耸起,颈子吃力地伸了出去,顶着一颗白发苍苍的头颅;老人身子十分羸弱,身上裹着的一件宽松黑绒夹袄,好像挂在一袭骨架子上似的,走起路来,抖抖索索。

"唔,是有点像任平。"

老人仰起面来,打量了我片刻,点头微笑道。老人的脸削瘦得只剩下一个巴掌宽,一双灰白的眉毛紧紧纠在一起,一脸愁容不展似的,他的嘴角完全垂挂了下来,笑起来,也是一副悲苦的神情,他的声音细弱,带着颤音。

"他是你鼎立表伯,齐生。"

大伯一面在摆设碗、筷,回头叫道。

一刹那,我的脑海闪电似的掠过一连串的历史名词,"民盟"、"救国会"、"七君子",这些轰轰烈烈的历史名词,都与优生学家名教授龙鼎立息息相关,可是我一时却无法把当年"民盟"健将、"救国会"领袖、我们家鼎鼎大名的鼎立表伯与目前这个愁容满面的衰残老人联在一起。

"你不会认得我的了,"老人大概见我盯着他一直发愣,笑着说道,"我看见你的时候,你才两三岁,还抱在手里呢。"

"人家现在可神气了呀!"大伯在那边插嘴道,"变成'归国学人'啦!"

大伯知道我这次去跟北京做生意,颇不以为然。

"我是在替美国人当'买办'罢咧,大伯。"我自嘲道。

"现在'买办'在中国吃香得很啊。"鼎立表伯接嘴道,他尖细的笑声颤抖抖的。

"你怎么不带了太太也回去风光风光?"大伯问道。

"明珠跟孩子到瑞士度假去了。"我答道,隔了片刻,我终于解释道:

"她不肯跟我去中国,她怕中国厕所脏。"

两个老人怔了一下,随即呵呵地笑了起来。明珠有洁癖,厕所有臭味她会便秘,连尿也撒不出。我们在长岛的家里,那三间厕所一年四季都吊满了鲜花,打理得香喷喷的。我们公司有一对同事夫妇,刚去中国旅游回来,同事太太告诉明珠,她去游长城,上公厕,发现茅坑里有蛆。明珠听得花容失色,这次无论我怎么游说,也不为所动。

大伯摆好碗筷,把我们招了过去,大家坐定下来。桌上连我带来的烧腊,一共有七八样菜,大概都是馆子里买来的。

"你表伯昨天刚到。"

大伯打开了一瓶茅台,倒进一只铜酒壶里,递了给我。我替大伯、鼎立表伯都斟上了酒。

"今天我替你表伯接风,也算是给你送行。"

大伯举起了他那只个人用的青瓷酒杯,却望着鼎立表伯,两个老人又摇头又叹气,半晌,大伯才开腔道:

"老弟,今夕何夕,想不到咱们老兄弟还有见面的一天。"

鼎立表伯坐在椅上,上身却倾俯到桌面上,他的颈子伸得长长的,摇着他那一头乱麻似的白发,叹息道:

"是啊,表哥,真是'此身虽在堪惊'哪!"

我们三个人都酌了一口茅台,浓烈的酒像火一般滚落到肠胃里去。大伯用手抓起一只卤鸭掌啃嚼起来,他执着那只鸭掌,指点了我与鼎立表伯一下。

"你从纽约去上海,他从上海又要去纽约——这个世界真是颠来倒去。"

"我是做梦也想不到还会到美国来。"鼎立表伯唏嘘道。

"我们一直以为你早就不在人世了,"大伯舀了一调羹茄汁虾仁到鼎立表伯的盘子里,"这么多年也不知道你的下落。前年你表嫂过世,你哥哥鼎丰从纽约来看我,我们两人还感叹了一番:当初从大陆撤退,我们最大的错误,就是让你和任平留在上海,怎么样也应该逼着你们两人一起离开的。"

"那时我哪里肯走?"鼎立表伯苦笑道,"上海解放,我还率领'民盟'代表团去欢迎陈毅呢。"

"早知如此，那次我把你抓起来，就不放你出去了——干脆把你押到台湾去！"大伯呷了一口酒，咂咂嘴转向我道，"你们鼎立表伯，当年是有名得很的'民主斗士'呢！一天到晚在《大公报》上发表反政府的言论，又带领学生闹学潮，搞什么'和平运动'，我去同济大学把他们一百多个师生统统抓了起来！"

大伯说着呵呵地笑了起来，他的泪腺失去了控制，眼泪盈盈溢出，他忙用袖角把泪水拭掉。

"你那时骂我骂得好凶啊！"大伯指着鼎立表伯摇头道。"'刽子手'！'走狗爪牙'！"

"嗳——"鼎立表伯直摇手，尴尬地笑着，他的眉头却仍旧纠在一处，一脸忧色。

我举起酒杯，敬鼎立表伯。

"表伯，我觉得你们'民盟'很了不起呢，"我说道，"当时压力那么大，你们一点也不退缩。"

我告诉他，我做学生时，在哥大东方图书馆看到不少早年"中国民主同盟"的资料，尤其是民国二十五年他们"救国会"请愿抗日，"七君子"章乃器、王造时等人给逮捕下监的事迹，我最感兴趣。鼎立表伯默默地听着，他的身子俯得低低的，背上驮着一座小山一般，他吸了一口酒，长长地嘘了一口气。

"'民盟'后来很惨，"鼎立表伯戚然道，"我们彻底地失败了,一九五七年'反右','章罗反党联盟'的案子,把我们都卷了进去,全部打成了'右派'。'救国会七君子'没有一个有好下场——王造时、章乃器给斗得欲生不得、欲死不能,连梁漱老还挨骂,我们一个个也就噤若寒蝉了——"

鼎立表伯有点哽咽住了,大伯举起酒壶劝慰道:

"来,来,来,老弟,'一壶浊酒喜相逢',你能出来还见得着我这个老表哥,已经很不错啦。"

大伯殷勤劝酒,两个老人的眼睛都喝得冒了红。两杯茅台下肚,我也感到全身的血液在开始燃烧了。

"莫怪我来说你们,"大伯把那盘烧鸭挪到鼎立表伯跟前让他过酒,"当年大陆失败,你们这批'民主人士',也要负一部分责任哩!你们在报上天天攻击政府,青年学生听你们的话,也都作起乱来。"

"表哥,你当时亲眼见到的,"鼎立表伯极力分辩道,"胜利以后,那些接收大员到了上海、南京,表现得实在太坏!什么'五子登科'、'有条有理',上海、南京的人都说他们是'劫收',一点也不冤枉——民心就是那样去的,我们那时还能保持缄默么?"

大伯静静地听着,没有出声,他又用袖角拭了一拭淌到面颊上的眼泪。沉默了半晌,他突然举起靠在桌边的那根拐杖,指向客厅墙壁上那张大照片叫道:

"都是萧先生走得太早,走得不得其时!"大伯的声音变得激昂起来,"要不然,上海、南京不会出现那种局面。萧先生飞机出事,还是我去把他的遗体迎回南京的呢。有些人表面悲哀,我知道他们心中暗喜,萧先生不在了,没有人敢管他们,他们就可以胡作非为了。我有一个部下,在上海法租界弄到一栋汉奸的房子,要来送给我邀功。我臭骂了他一顿:'国家就是这样给你们毁掉的,还敢来贿赂我?'我看见那批人那样乱搞,实在痛心!"

大伯说着用拐杖在地板上重重地敲了两下,敲得地板咚咚响。

"我跑到紫金山萧先生的灵前,放声痛哭,我哭给他听:'萧先生,萧先生,我们千辛万苦赢来的胜利,都让那批不肖之徒给葬送了啊!'"

大伯那张圆厚的阔脸,两腮抽搐起来,酒意上来了,一张脸转成赤黑,额上沁着汗光,旋即,他冷笑了两声,说道:

"我不肯跟他们同流合污,他们当然要排挤我喽,算我的旧账,说我关在'七十六号'的时候,有通敌之嫌。我罗任重扪心自问,我一辈子没出卖过一个同志。只有一次,受刑实在吃不住了,招供了一些情报。事后我也向萧先生自首过,萧先生谅解我,还颁给我'忠勇'勋章呢!那些没坐过老虎凳的人,哪里懂得受刑的滋味!"

"表哥,你抗日有功,我们都知道的。"鼎立表伯安抚大伯道。

大伯举起他那只青瓷酒杯,把杯里半杯茅台,一口喝光了。

"大伯,你要添碗饭么?"我伸手想去拿大伯面前的空饭碗,大伯并不理睬,却突然想起了什么似的,问我道:

"你爹爹的追悼会,几时举行啊?"

"我到上海,第二天就举行。他们准备替爹爹平反,恢复他的名誉呢。"

"人都死了,还平反什么?"大伯提高了声音。

"不是这么说,"鼎立表伯插嘴道,"任平平反了,齐生的哥哥日子就好过得多。我的案子要不是今年年初得到平反,鼎丰申请我来美国,他们肯定不会放人。"

"我死了我就不要平反!"大伯悻悻然说道,"老实说,除了萧先生,也没有人有资格替我平反。齐生,你去替你爹爹开追悼会,回来也好替你大伯料理后事了。"

"大伯,你老人家要活到一百岁呢。"我赶忙笑着说道。

"你这是在咒我么?"大伯竖起两道花白的关刀眉,"你堂哥怕老婆,是个没出息的人,我不指望他。大伯一直把你当作自己儿子看待,大伯并不想多拖累你,只交代你一件事:大伯死了,你一把火烧成灰,统统撒到海里去,任它飘到大陆也好,飘到台湾也好——千万莫把我葬在美国!"

大伯转向鼎立表伯道:

"美国这个地方,病不得,死也死不起!一块豆腐干大的墓地就要两三千美金，莫说我没钱买不起，买得起我也不要去跟那些洋鬼子去挤去！"

大伯说着嘿嘿地笑了起来，他拍了拍他那粗壮的腰，说道：

"这些年我常闹腰子痛，痛得厉害。医生扫描检查出来里面生瘤，很可能还是恶性的呢。"

"医生说可不可以开刀呢？大伯。"我急切问道。

"我这把年纪还开什么刀？"大伯挥了一下手，"近来我常常感到心神不宁——我晓得，我的大限也不会远了。"

我仔细端详了大伯一下，发觉伯妈过世后，这两年来，大伯果然又衰老了不少。他的脸上不是肥胖，竟是浮肿，两块眼袋子转乌了，上面沁出点点的青斑，泪水溢出来，眼袋上都是湿湿的。

"鼎立，"大伯泪眼汪汪地注视着鼎立表伯，声音低哑地说道，"你骂我是'刽子手'，你没错，你表哥这一生确实杀了不少人。从前我奉了萧先生的命令去杀人，并没有觉得什么不对，为了国家嘛。可是现在想想，到底都是中国人哪，而且还有不少青年男女呢。杀了那么些人，唉——我看也是白杀了。"

"表哥——"鼎立表伯叫了一声，他的嘴皮颤动了两下，好像要说什么似的。

"鼎立——"大伯沉痛地唤道，他伸出手去，拍了一下鼎立表伯高耸的肩胛,"我们大家辛苦了一场,都白费了——"

两个老人,对坐着,唏嘘了一番,沉默起来。我感到空气好像突然凝固,呼吸都有点困难了似的。虽然酒精在我身体里滚烫地流动着,我却感到一阵飕飕的寒意,汗毛都竖了起来。我记起去年李永新到纽约来看我,我与永新有八年未曾见面。从前我们在哥大都是"保钓"的志友,我抽身得早,总算把博士念完,在福斯特惠勒找到一份高薪的工作。而永新却全身投入,连学位也牺牲掉,后来一直事业坎坷。那天我们两人在一起,谈着谈着,突然也这样沉默起来,久久无言以对。虽然我和永新一直避免再提起"保钓"运动,可是我们知道彼此心中都在想着这件事,而且我们都在悼念"一·二九"华盛顿大游行那一天,在雪地里,我和永新肩靠肩,随着千千百百个中国青年,大家万众一心地喊道:钓鱼台,中国的!钓鱼台,我们的!我们的呼喊,像潮水般向着日本大使馆汹汹涌去。

吃完饭,大伯要我们提早就寝,我须早起,赶八点钟的飞机,而鼎立表伯也有点不胜酒力了。我去浴室漱洗完毕,回到客房,鼎立表伯已经卸去了外衣,他里面穿了一套发了黄的紧身棉毛衫裤,更显得瘦骨嶙峋,他削瘦的背脊高高隆起,背上好像插着一柄刀似的。他蹲在地上,打开了一只黑漆皮的旧箱子,从里面掏出了一件草绿的毛线背心来,他把箱子盖好，推回到床底下去。我等鼎立表伯穿上背心，颤巍巍地爬上了床，才把灯熄掉。客房里没有暖气，我躺在沙发上，裹着一条薄毯子，愈睡愈凉。黑暗中，我可以听得到对面床上老人时缓时急的呼吸声，我的思绪开始起伏不平起来，想到两天后，在上海父亲的追悼会，我不禁惶惶然。一阵酒意涌了上来，我感到有点反胃。

"你睡不着么，齐生？"

黑暗中，鼎立表伯细颤的声音传了过来，大概老人听到我在沙发上一直辗转反侧。

"我想到明天去上海，心里有点紧张。"我答道。

"哦，我也是，这次要来美国，几夜都睡不好。"

我摸索着找到撂在沙发托手上的外套，把衣袋里的香烟和打火机掏了出来，点上一支烟深深地吸了一口。

"龙华离上海远不远，表伯？"我问道。

"半个多钟头的汽车，不算很远。"

"哥哥说，追悼会开完，爹爹的骨灰当天就下葬，葬在龙华公墓。"

"'龙华公墓'？"老人疑惑道，"恐怕是'龙华烈士公墓'吧？那倒是个新的公墓，听说很讲究，普通人还进不去呢。"

"我搞不太清楚，反正葬在龙华就是了。"

"'龙华公墓'早就没有喽——"

老人翻了一下身，黑暗中，他那颤抖的声音忽近忽远地飘浮着。

"'文革'时候,我们的'五七干校'就在龙华,'龙华公墓'那里,我们把那些坟都铲平了,变成了农场。那是个老公墓,有的人家,祖宗三代都葬在那里,也统统给我们挖了出来——我的背,就是那时挖坟挖伤的——"

我猛吸了一口烟,将香烟按熄掉。我感到我的胃翻得更加厉害,一阵阵酸味冒上来,有点想作呕了。

"美国的公墓怎么样,齐生?"隔了半晌,老人试探着问道,"真是像你大伯讲的那么贵么?一块地要两三千美金哪?"

"这要看地方,表伯,贵的、便宜的都有。"

"纽约呢?纽约有便宜的墓地么?"

"有是有,在黑人区,不过有点像乱葬岗。"

老人朝着我这边,挪了一下身子,悄悄地唤我道:

"齐生,你可不可以帮我一个忙?"

老人的语气,充满了乞求。

"好的,表伯。"我应道。

"你从中国回来,可不可以带我到处去看看。我想在纽约好好找一块地,也不必太讲究,普通一点的也行,只要干净就好——"

我静静地听着,老人的声调变得酸楚起来。

"我和你表伯妈,两人在一起,也有四十五年了,从来也没有分开过。她为了我的政治问题,很吃了一些苦头,我们两人——也可以算是患难夫妻了。这次到美国，本来她也申请了的，上面公文旅行，半年才批准，她等不及，前两个月，病故了——这次我出来，把她一个人留在那里头，我实在放不下心——我把她的骨灰放在箱子里，也一起带了出来——日后在这里，再慢慢替她找个安息的地方吧——"

老人细颤、飘忽的声音戛然而止。黑暗中，一切沉静下来，我仰卧在沙发上，房中的寒意凛凛地侵了过来，我把毯子拉起，将头也蒙上。渐渐地酒意上了头，我感到愈来愈昏沉，朦胧中，我仿佛来到了一片灰暗的荒野里，野地上有许多人在挖掘地坑，人影幢幢，一齐在挥动着圆锹、十字镐。我走近一个大坑，看见一个身材高大的老人站在坑中，地坑已经深到了他的胸口。他抡着柄圆锹，在奋力地挖掘。偌大的坑中，横着、竖着竟卧满了累累的死人骨头，一根根枯白的。老人举起圆锹将那些枯骨铲起便往坑外一扔，他那柄圆锹上下飞舞着；一根根人骨纷纷坠落地上，愈堆愈高，不一会儿便在坑边堆成了一座白森森的小山。我定神一看，赫然发觉那个高大的老人，竟是大伯，他愤怒地舞动着手里的圆锹，发狂似的在挖掘死人骨头。倏地，那座白森森的小山哗啦啦倾泻了，根根人骨滚落坑中，将大伯埋陷在里头，大伯双手乱招，狂喊道：

"齐生——"

我猛然惊醒，心中突突乱跳，额上冒出一阵冷汗来。原来大伯已经站在沙发跟前，他来叫醒我，去赶飞机了。房中光线仍旧昏暗，幽暗中，大伯庞大的身躯，矗立在我头边，像一座铁塔似的。

       《联合文学》第二十六期
        一九八六年十二月

Danny Boy

韶华：

我必须趁着我的视线还没有完全模糊以前，将这封信赶完。我的时间十分紧迫，不知道是否还来得及将我一生最后这段故事原原本本讲给你听。在我离开以前，我要让你了解我此刻的心境。我知道，这些年，你一直在为我担心，我不能这样走了，还让你白白牵挂。医生说：病毒已经侵入我的眼球，随时随地，眼前一黑，这个世界便会离我而去。我得赶快，赶快将一些话记下来，告诉你。

一切都得从去年秋天讲起，那是个深秋的十一月，天气早已转寒，走在曼哈顿的街上，冷风阵阵迎面劈来。那天我从圣汶生（St. Vincent）医院出来，乘上地铁回家，在五十七街下车，拐了一个弯，不由自主地又转进中央公园去了。公园里一切照常，有人穿了运动衣在跑步，有人遛狗，还有一群拉丁裔的青少年在草地上练习棒球,他们西班牙语的呼喊声此起彼落呼应着。傍晚五六点钟,夕阳依旧从树枝的间隙斜照下来,斑斑点点洒在满地焦枯的落叶上——这些都应该是极眼熟的景象,可是我却感到好像蓦然闯进了一片陌生地带,周遭一切都变得不太真实起来,就连公园对面第五大道上那些巍峨大厦,在淡薄的余晖中,竟如海市蜃楼,看起来,好似一排恍惚的幻影。我感觉得到,我那个熟悉的世界正在急速地分崩离析中。

我在公园鸟巢池塘边的一张靠椅上坐了下来,脑袋里一片空白,神经完全麻痹,暂时间,惊慌、恐惧通通冻结。那一刻,我反而感到一种定案后的松弛,该来的终于来了。在医院里,那位犹太老医生把验血报告搁在我面前,郑重地告诉我说:结果是阳性反应,我染上了HIV,然后开始絮絮地解释病情,给我开了一大堆药物,临别时加了几句安慰鼓励的话。检验结果,其实早该料到。这两个月来,每天的低温热度,止不住的咳嗽,还有常常夜里的盗汗,我心里已经明白:大限将到。下意识里,可能我还期望着这一天的匆匆来临,提早结束我这荒芜而又颠倒的一生。

三年前我不辞而别遽然离开台北,我想你应该早已释怀。我一直有一个假设,我所有的荒谬你终能谅解。我是在仓皇中逃离那个城市的,我们校长网开一面,他要我自动辞职,悄悄离去。大概他并不愿事情传开,影响校誉吧。恐怕他也难以面对学生,向他们解释,一向被他经常称赞的模范老师,竟会触犯学校第一禁条，做出如此悖德的丑行来。

这几年，我在纽约一直埋名隐姓，没有跟任何旧人有过联系。连你，韶华，我竟也没有寄过片言只字。我必须斩断过去，在泯灭掉记忆的真空中，才能苟活下去。幸亏纽约是如此庞大而又冷漠无情，藏身在曼哈顿汹涌的人潮中，销声匿迹并不是一件困难的事。在这里，我浮沉在一个分裂的世界中。白天，我在一家大学的图书馆里工作，在地下室的书库中，终日跟那些散发着霉气的旧书籍为伍。可是到了晚间，回到六十九街的公寓阁楼里，我便急不待等地穿上夜行衣，投身到曼哈顿那些棋盘似的大街小巷，跟随着那些三五成群的夜猎者，一条街、一条街追逐下去，我们在格林威治村捉迷藏似的追来追去，追到深夜，追到凌晨——

直到天亮前后，我们拖着疲惫的身子，终于迈向我们的最后的归宿中央公园里去。于是我们一个个像夜猫一般，蹑手蹑脚，就沿着这鸟巢池塘边这条小径，越过两座山坡，潜入公园中央那一顷又深又黑的原始森林中，在根根巨木的缝隙间，早已掩藏着一具具人体，都在静静地伺候着。在黑暗中，那些夜行人的眼睛，像野兽的瞳孔，在炯炯地闪烁着充满了欲念的荧光。是煎熬难耐的肉体饥饿以及那漫漫长夜里炙得人发疼发狂的寂寞，将我们从各处驱赶到这个文明大都会中心这片数百英亩广漠的蛮荒地带，在暗夜保护下的丛林中，大家佝偻在一起，互相取暖，趁着曙光未明，完成我们集体噬人的仪式。

韶华,在纽约,我在往下直线坠落,就如同卷进了大海的漩涡,身不由己地淹没下去。八五年我来到这个大城,那场可怖的瘟疫已经在我们圈子里像缕缕黑烟般四处蔓延散开,就如同科幻电影里来去无踪的庞然怪物,无论在黑夜里的街上,在人挤人的酒吧里,在肉身碰撞的土耳其浴室中,还是在公园丛林的幽深处,我都可以敏锐地感觉到它那吼吼的存在。我们大家惊惶地挤成一团,几乎宿命式地在等着它扑过来将我们一一吞没。那场瘟疫把纽约变成了死亡之都,而我们却像中了蛊的群族,在集体参与这场死亡的游戏。

那天离开公园,我没有立刻回家,我转到七十二街上的McGee's去买醉,那是我常去的一家爱尔兰酒吧,里面的装饰,有着爱尔兰的古风,桌面椅垫都铺着厚厚的绿绒。从前McGee's是中城最负盛名的gay bar,每晚十点钟后都挤满了人,可是后来人愈来愈稀少,老板法兰克说,那些常客有一半都被这场瘟疫卷走了,法兰克自己的年轻爱人McGee's的酒保保罗上个星期才辗转病死。那是个星期五的晚上,可是酒吧里疏疏落落只坐满一半,低低的人语,好像整间酒吧也被一种无形的恐惧镇压住了似的。那晚在McGee's驻唱的歌手美丽安倚在钢琴边演唱着一些老流行歌曲。据说美丽安年轻时曾经有过一番事业,后来沦落到一些小酒吧走唱献艺。她有副沙哑低沉的嗓子,很随意地便吟唱出一些人世的沧桑。那晚她穿了一袭紧身的黑缎子长裙,襟上别了一枚纪念AIDS的红丝带,一头淡淡的金发挽了一个松拢的发髻，她脸上细致的皱纹透着萧飒的迟暮。唱到半夜，美丽安宣布，她要唱一首 Danny Boy 收场，她说这首爱尔兰的古老民谣是一位父亲为他早丧的爱子所写的一阕挽歌，她要把这首歌献给保罗，以及许多那些再也不能来听她唱歌的人儿们。那晚美丽安唱得特别动情：

But when ye come and all the flowers are dying,
If I am dead, as dead I well may be,
You'll come and find the place where I am lying,
And kneel and say an "Ave" there for me.

　　韶华，那首古老的爱尔兰民谣我曾听过多次，但那晚美丽安那微带颤抖的凄婉歌声，却深深触动了我自己的哀思，我哀挽我心中那些一去不返的孩子，他们带走了我的青春、我的生命。

　　韶华，你曾极力称赞我每年当选为"模范教师"，并且引以为傲。的确，我在 C 中那十几年，我把全部的心血都献给了那间驰名的高中。在校长、同事的眼里，我是一个无懈可击的好老师。我把所有时间和精力都投注在学生身上，教导他们，照顾他们。在那些十七八岁大孩子的心目中，我是他们最受敬爱的"吴老师"。可是韶华，连你在内，都被我隐瞒过去了，我如此孜孜不倦努力为人师表事实上是在极力掩盖我多年来内心一项最隐秘的痼疾：我对那些大孩子的迷恋。那是一种把人煎熬得骨枯髓尽的执迷，那种只能紧紧按捺在心底的隐情一天天在腐蚀着我的心脏。

我教了十二年的高三英文，每年在班上我总会寻找得到一双悒郁的眼睛、一绺斜覆在额上的丰软的黑发、一片落寞孤单的侧影——总有那样一个落单孩子，背着书包，踏着自己的影子踽踽行过，于是那个孤独寂寞、敏感内向的少年就成为了我整年痛楚的根源。那又是一种多么可怕的执迷啊！每天我都在等待那个时辰，有时是上午十点到十一点，有时是下午三点到四点，那是我教授高三英文的时节。就在那短短的五十分钟内，我始得与我心中的孩子共处一室，度过刹那即逝的一段光阴。然而那又是多么重要的五十分钟！因为我的心上人就在眼前，有时窗外的阳光落罩在他的身上，我看得到的只是一团淡金光晕中一个青春的剪影，那却是一个咫尺天涯遥不可及的幻象。有时我领着全班朗读课文，众声中我只听得到他一个人年轻的声音对我的回应，那就是我跟他最亲近的接触，也就是我唯一获得的片刻慰藉，直到下课铃响，把我从暂短的沉溺中惊醒。于是日复一日，这种锥心刺骨的渴望与绝望互相轮回下去。直到学期末了，骊歌奏起，在我心中生根已久了的那个少年影像，骤然拔除，那一阵剧痛就好像胸口上的一块皮肉被利器猛地揭起，而我心中那个孩子，从此便从我生命中消逝无踪。他永远不会知道，有一个人的心曾经为他滴血。当然，这个隐秘我全力掩护，绝对不会让任何人察觉半点我内心的翻搅掀腾。一年又一年过去，我也渐渐逼近四十的中年，然而肉身的衰颓并未能熄止我心中那股熊熊的火焰。每天我还得经历炼狱中邪火的焚烧，只有那五十分钟内，我才获得暂时的消歇。那五十分钟跟我心上孩子的共处，就是我一天生存的意义。

我在C中最后的崩溃是这样的。K是我在C中最后一年高三三班的学生，他是个异常特殊的孩子，在班上一向独来独往，从来没见过他跟任何人打过招呼，他的孤独是绝对的。我看着这个忧郁弱质的少年他清瘦的背影在回廊上彳亍而逝，就有一种莫名的怅惘。学期即将结束，这个在我心中占据了整整一年的孩子，又将从此消逝。学期最后的一个星期，K突然缺课，一连几天没去上学。有一晚，大雨滂沱，K一身水淋淋地兀自出现在我的学校宿舍房门口，他来补交英文作文。我在班上有严格规定，作业逾期，一律以零分计算。K夹着英文作文簿，进到我的宿舍房间。在灯光下，我发觉K一脸苍白，他说话的声音都在颤抖，这个一向沉默寡言的少年，断断续续地告诉我这几天他缺课的原因。K的父亲是区公所里的一个基层公务员，上星期突然中风逝世。K是独子，须得在家帮助母亲料理丧事。K知道他的英文成绩平平，如果作文零分，英文一定不及格，会影响到他毕业。"吴老师——"他双手捧起作文簿递给我，眼睛望着我，嗫嚅地向我求情。他湿透了的头发上雨水一条条流到他的面颊。就在那一刻，我将K一把拥入了怀里，紧紧地搂住他那瘦弱的身子，我的脸抵住他濡湿的头发，开始热切地对他倾诉我对他的爱怜、疼惜，一整年来我对他的渴念、向往，不只是一整年，我是在诉说我积压了十几年来绝望的执迷，我怀中搂住的不是K，是那一个个从我心中拔除得无影无踪的孩子们。我愈搂愈紧，似乎害怕我怀抱中的这个孤独孩子也从此消失。K开始惊惶失措，继而恐惧起来，他拼命想挣脱我的搂抱，手肘用力撞击我的肋骨，一阵剧痛，我松开了手，K在大雨中逃离宿舍。他去告了校长，他说"吴老师精神错乱了"。K没有说错，韶华，那一刻，我想我真的疯掉了。

那晚我在McGee's一直坐到凌晨四点，酒吧打烊。回到六十九街的公寓阁楼里，我把医生开给我一个月的安眠药全部吞服下去。那晚我喝了七八杯不掺水的威士忌，但头脑却清醒得可怕，医生告诉我，我免疫系统的T细胞已经降到两百以下，随时有发病的可能。我的楼下住过一个保险推销员，小伙子常常穿了运动短裤到中央公园去练跑步，练得一身肌肉。去年他突然发病，全身长满了紫黑色卡波西氏毒瘤，我在过道上遇见他，远远地便闻到一阵腐肉的恶臭。他在公寓房间里病死三天，才被发现。我们圈子里一直盛传着各种有关这场瘟疫的恐怖故事，据说有人消磨到最后想拔掉氧气管已没有抬手的力气。我不能等到那一天，一个人躺在阁楼里的床上慢慢腐烂，我无法忍受那样孤独的凌迟死刑。我对我那空虚的一生并无所恋，理应提早结束。

可是我仰药自杀并没有成功，给房东送进了医院。然而我怎么也没有料到，当我的生命已经走到尽头，只剩下短短一程时，在绝望的深渊中，竟遇见了我曾渴盼一生、我的 Danny Boy。

在圣汶生医院里，"香提之家"（Shanti House）的义工修女护士玫瑰玛丽对我说："你现在不能走，还有人需要你的照顾。"她的话直像一道圣谕，令我不得不听从。出院后修女玫瑰玛丽把我带进了"香提之家"，接受两星期的训练开始参加义工。不知为什么，韶华，我看到修女玫瑰玛丽穿上白衣天使的制服时，我就想到你，虽然她的身子要比你大上一倍，可是她照顾病人时，一双温柔的眼睛透出来的那种不忍的神情，你也有。我记得那次到医院去探望你，你正在全神贯注替一位垂死的癌症病人按摩她的腹部，替她减轻疼痛。我看见你的眼睛里噙着闪闪的泪光。

"香提之家"是一个 AIDS 病患的互助组织，宗旨是由病情轻者看护病情重者，轮到自己病重时，好有人照顾。除了专业的医护人员以外，经常到"香提之家"来上班的义工有三十多人，各行各业都有，厨子、理发师、教授，有位还俗的圣公会神父，他自己也是带原者，他常常替弥留的病人念经。还有几个亚裔义工，一位菲律宾人，他本来就是男护士，另外一位香港人是服装设计师，大家每天到格林威治村边缘的"香提之家"报到后，便各自到医院或是病人家里去服务。"香提之家"本身还有一家收容所，专门收容一些无家可归的末期病人，这所病患的中途之家就在东边第六街上。

第一个分派给我照料的病人便是丹尼，Danny O'Donnell，一个十八岁的少年。他进出圣汶生已有好几次，最后一次是因为急性肺炎，医生说他大概只有几个星期的存活期，所以转进了"香提之家"的收容所。先前看护他的义工自己病倒了，住进医院，临时由我接手。我再也不会忘记，韶华，那是去年十二月的头一天，一个阴寒冰冷的下午，天上云层密布，纽约第一场大雪即将来临。我按着地址摸索到东边第六街，那是个古旧僻静的地段，街头有座小小的"忧愁圣母"天主堂，对街却是一所犹太教堂。收容所在街尾，是一幢三层楼公寓式的老房子，外面砖墙长满了绿茸茸的爬墙虎，把门窗都遮掩住，看起来有点隐蔽。收容所里三层楼一共有十五个安宁病房，只有两个男护士在忙进忙出。其中一个黑人护士看见我来报到松了一口气，说道："感谢上帝，你终于来了，我们根本没空去照顾楼上的丹尼。"他说收容所里早上才死掉两个病人，他们一直在忙着张罗善后。黑黝黝的一幢楼里，每层楼我都隐隐听得到从那些半掩半开的房间里，传出来病痛的呻吟。楼里的暖气温度调得太高，空气十分闷浊。

丹尼的房间在三楼，面向街道，他一个人躺在靠窗的一张床上，他看见我走进去微笑道："我以为你今天不会来了，吴先生。"他的声音非常微弱，大概等我等得有点不安起来。丹尼看起来比他实际年龄还要幼稚，他的头发剃短了，病得一脸青白，蜷缩在被单下面，像个病童。"我要喝水。"丹尼吃力地说道。我去盛了一杯自来水，将他从床上扶起，他接过杯子，咕嘟咕嘟把一杯水一口气喝尽，大概他躺在床上已经干渴了许久。"丹尼，你需要洗个澡。"我对他说。"我像只臭鼬，是吗，吴先生？"丹尼不好意思地笑了起来，他身上透着阵阵触鼻的秽臭，白色睡袍上渗着黄一块黑一块的排泄物。我到浴室里，把浴缸放上了热水，然后过去把丹尼扶下床，我让他将一只手臂勾着我的脖子，两人互相扶持着，踉踉跄跄，蹭入了浴室。我替他脱去脏睡袍，双手托住他的腋下，帮助他慢慢滑进浴缸。丹尼全身瘦得只剩下皮包骨，两胁上的肋骨根根突起，好像一层青白的皮肉松松地挂在一袭骨架上似的。他的背睡出了几块褥疮，已有了裂口，我用海绵轻轻替他洗擦，他也痛得喔唷乱叫，好像一只受了伤的呜咽小犬。折腾了半天，我才替丹尼将身体洗干净，两人扶持着，又踉跄走回房中。

受训期间，修女玫瑰玛丽教授我们如何替病人系扎尿兜，她说末期病患大小便失禁都需要这个宝贝，她那一双胖嘟嘟的手十分灵巧，两下就把一只尿兜绑扎得服服帖帖。我去向黑人护士要了一只尿兜替丹尼系上，他穿上白泡泡的尿兜仰卧在床上,一双细长的腿子撑在外面,显得有点滑稽而又无助,我禁不住笑道:"Danny Boy,你看起来像个大婴儿。"丹尼看看自己,无奈地叹了一口气。他洗过澡后,青白的脸上,泛起了一丝血色,他那双淡金色的眉毛下面,深深嵌着一双绿玻璃似的眼睛,削挺的鼻子鼻尖翘翘的,嘴唇薄薄,病前那应该是一张稚气未脱的清俊面庞,可是他的眼眶子却病得乌黑,好像两团瘀青,被什么重器撞伤了似的。丹尼的口腔长了鹅口疮,只能喝流汁,我喂了他一罐有樱桃味的营养液,最后替他重新接上静脉注射的管子,他需要整夜打点滴注射抗生素,遏止肺炎复发。医生说丹尼的 T 细胞只剩下十几个,免疫能力已经十分脆弱。"你明天还会来吧,吴先生?"丹尼看我要离开,有点慌张起来。"我明天一早就来。"我说,我替他将被单拉好。

傍晚外面开始飘雪了,走到圣马可广场上,雪花迎面飞来,我一连打了几个寒噤。每天到了这个时候,我的体温便开始升高,我感到我的双颊在灼灼发烧。可是韶华,我要告诉你,那一刻,我内心却充满了一种说不出的激动,那是我到纽约三年来,头一次产生的心理感应。在纽约三年,我那颗心一直是枯死的,我患了严重的官能失调症,有时四肢突然如同受到急冻,麻木坏死,变得冷热不分,手指被烫起泡竟也没有感觉。可是那一刻,当我把丹尼从浴缸里抱起来,扶着他那羸瘦的身子,一步一步,挣扎回转房间时,我心里突然涌起了一种奇异的感动,我感到我失去的那些孩子好像一下子又都回来了,回来而且得了绝症垂垂待毙,在等着我的慰抚和救援。我替丹尼接上点滴管子时，我看到他两只臂弯上由于静脉注射过于密集，针孔扎得像蜂窝一般，乌青两块。望着床上那个一身千疮百孔的孩子，我的痛惜之情竟不能自已。那晚独行在圣马可广场的风雪中，我感到我那早已烧成灰烬的残余生命，竟又开始闪闪冒出火苗来。

我一共只照顾了丹尼两个星期，一直到十二月十四日他逝去的那晚。那些天我简直奋不顾身，到了狂热的地步。那是我一生最紧张最劳累的日子，可是也是我一生中最充实的十四天。

丹尼夜间盗汗，第二天早上，我去看他，他整个身子水汪汪地躺在浸得湿透湿透的床单上，他的睡袍紧贴在身上，已经冰凉。当天晚上我便决定搬进"香提之家"的收容所去，可以二十四小时看护他。收容所的男护士非常欢迎我住进去，他们可以有一个全天候的帮手，那个黑人护士给了我一条毛毯，他说我可以睡在地毯上。韶华，我真正尝到做特别护士的滋味了。我记得你曾告诉我，你第一次当特别护士，一个星期下来便瘦掉了两公斤。每天晚上我起身两三次，替丹尼换衣服、擦干身子，他到了夜里全身便不停地冒虚汗，我在床单上铺了一条厚厚的大毛巾，卧在上面可以吸汗，这样，丹尼可以安稳睡去片刻。我躺在丹尼床边的地毯上，守着他，直到天明。有时半夜醒来，看见丹尼静静地躺着，我禁不住会爬起来，弯身去听听他的呼吸，我一直有一种恐惧，在我睡梦中，那个孩子的呼吸突然停止。

我明知那个脆弱的生命像风里残烛,随时可能熄灭,然而我却珍惜我与我的 Danny Boy 共处的每一时刻。

在我悉心调理下,丹尼的病情稳定了几天,人也没有那样虚弱。有一天,他的精神比较好,我替他换上干净睡袍,扶他起床坐到靠窗的沙发靠椅上,然后用一条毛毯把他团团裹起来。纽约的风雪停了,窗外阳光耀眼地灿烂,街上那些大树的枝丫上都结了一层冰,一排排冰柱下垂着。丹尼大概很久没有注意外面了,看到窗外树上的冰柱给太阳照得闪闪发光,显得很兴奋的样子。"吴先生,"他对我说道,"圣诞节快到了吧?""还有十七天。"我算了一下。"两个星期前我打电话给我父母,我说我想回家过圣诞,他们吓坏了,马上寄了两百块钱来,"丹尼笑道,"他们坚决不让我回家,怕我把 AIDS 传染给我弟弟妹妹。"

丹尼的家在新泽西的纽沃城,他父亲是一个搬运工人,祖上是从爱尔兰来的,一家虔信天主教,丹尼在家中是老大,下面有五个弟弟妹妹,家里很穷,父亲又严厉,母亲常年卧病,他十六岁便逃到曼哈顿来自己讨生活了。他说他什么零工都打过,在"小意大利"城送了很久的比萨饼。去年医生诊断他得了 AIDS 的时候,他打电话给他母亲,他母亲在电话里哭了起来,叫他赶快到教堂去祈祷,向上帝忏悔。丹尼说他不是一个很好的天主教徒,到了纽约来,一次教堂也没有上过,不过他说等他身体好一些,他会到路口那家"忧愁圣母"天主堂去望弥撒。

"我希望上帝会原谅我。"丹尼很认真地说道。"我干过很多蠢事。"他摇着头有点自责。他刚到纽约来不久便坐进了监牢,他替一个毒贩子运送两包海洛因,当场被警察逮住。在牢里他被强奸轮暴,"一次有五六人,"他说,"白人、黑人、拉丁族都有,还有一个印第安人呢!"丹尼向我做了一个鬼脸,医生判断可能他在监牢里已经染上了病。沉默片刻,丹尼平静地说道:"医生说我活不长了,不晓得还过不过得了这个圣诞。"我捧了一杯牛奶去喂他,"圣诞节我去买'蛋酒'回来,我们一起喝。"我说。

第十天早上,丹尼突然叫头痛,痛得双手抱住脑袋满床滚。修女玫瑰玛丽曾经告诫过我们,病人到了最后阶段,病毒可能侵入脑神经细胞,会产生剧烈疼痛。我赶紧去把黑人护士叫来,替丹尼注射了大量的吗啡麻醉剂,不一会他的神志却开始混淆不清了,有时候他瞪着一双空洞失神的眼睛望着我,好像完全不认识似的,有时他却像小儿一般嘤嘤地抽泣,我坐在他身边,轻轻拍着他的背,一直到他昏睡过去。到了最后两天,丹尼完全昏迷不醒,虽然他戴上了氧气罩,呼吸还是十分困难,呼吸一下,整个胸部奋而挺起,然后才吃力地吐出一口气来,双手却不停地乱抓。到了十四号那天晚上,丹尼的气息愈来愈微弱,有两次他好像已完全停止呼吸,可是隔一阵,又开始急喘起来,喉咙里不停地发着嘀嘀的声音,好像最后一口气,一直断不了,挣扎得万分辛苦。我在他的床沿坐了下来,将他轻轻扶起,让他的身子倚靠在我的怀里，然后才替他将氧气罩慢慢卸下。丹尼一下子便平静下来，头垂下，枕在我的胸上，身子渐渐转凉。我的 Danny Boy 终于在我怀里，咽下了他最后的一口气。

韶华，窗外夕阳西下，已近黄昏，我的视线也渐渐黯淡起来。医生说我的眼球网膜已开始有剥离的现象，随时有失明的危险。上午我起身去上厕所，一下失去平衡，幸亏大伟在旁边扶我一把，没有摔跤。大伟是"香提之家"派来照顾我的义工，他是个六呎开外的德州大汉，剃了一个光头，头上扎着一块印花红布头巾，右耳戴着一只金耳环，像《金银岛》里的海盗。但大伟却有一颗细致温柔的心，是个一流看护。他在"香提之家"当了两年义工，送走了九个病人，其中一个是他相伴多年的爱人。"别担心，"那个德州大汉安慰我，"有我在这儿陪着你呢。"

韶华，我伴着丹尼一起经历过死亡，我已不再惧畏，我不再怕它了。事实上我已准备妥当，等待它随时来临。丹尼病逝后不到一个月，我自己开始发病。虽然此刻我的肉身在受着各种苦刑，有时疼痛起来，冷汗淋淋，需要注射吗啡止痛，但我并不感到慌乱，心灵上反而进入一片前所未有的安宁。在我生命最后的一刻，那曾经一辈子啮噬着我紧紧不放的孤绝感，突然消逝。韶华，我不再感到寂寞，这就是我此刻的心境。记得我们年纪还很小的时候，我十二岁，你大概才八九岁吧，有一天我带你爬到我们新店后山那条溪边去玩耍。那时刚下过暴雨，溪流湍急，我不小心脚下一滑，坠入溪中，让急流冲走一二十丈才被一块大山石挡住。我挣扎上岸，额头撞伤了，血流满面。你跑过来，看到我受伤的狼狈，你一脸惶恐，急得流泪。多少年后，你每次到学校来看我，在你温煦的笑容后面，我总看到你从前那张幼稚脸上惶急的神情。我知道，你从小就一直暗暗替我担心。你接到这封信时，可能我已离开人世，我要让你知道，我走得无憾，你不必为我悲伤。你在医院工作那么久，生死大关，经历已多，相信这次你必然也能坦然相对。你是有宗教信仰的，那么就请你替我祈祷吧。

大伟进来了，他替我买了晚餐来，是街上广东馆子的馄饨面，我就此搁笔了。

云哥

一九八八年四月廿九日

云哥六十九街这间公寓阁楼在五楼，东边窗户对街，我站在窗边望下去，首先入眼的便是人行道上相对两排梨树树顶上涌冒出来一大顷白茫茫的花海，那些密密匝匝的白花开得如此繁盛，一层叠着一层，风一吹，整片花海随着波动起来，落花纷飞，好像漫天撒着白纸屑。我没料到，曼哈顿的春天竟是如此骚动不安。三天前我从台北匆匆赶到纽约，云哥已经走了。"香提之家"的义工大伟告诉我，他是死在自己的公寓里的，这是他最后的愿望。我赶来纽约，原本希望能够看护云哥最后一程。那也是我的一个心愿，我考上护专的时候，就对云哥讲过："你以后生病，我可以当你的护士了。"那次他滑落到溪水中被石头撞伤的事情我记得很清楚。他蹲在地上满脸血污的痛苦模样，一直深深烙在我的心中，云哥是个受过伤的人——那就是我对他无法磨灭的一个印象。

云哥是大伯的遗腹子，大伯母生下云哥后便改嫁到日本去了。云哥过继到我们家里来，其实是件十分勉强的事。父亲倒是个无所谓的人，他日夜忙着在贸易公司上班，根本顾不到家里事。母亲心胸狭窄，总把云哥当作累赘，尤其是小弟福仔出世后，母亲对云哥防得更严了，年夜饭一只鸡，两只鸡腿留给了小弟，我吃鸡胸，云哥只好啃鸡颈子鸡脚。不过云哥很识相，他谨守本分，退隐到家庭一角，默默埋首于他的学业，在学校里，他一直是名列前茅的优秀生。中学时期，云哥原本是个韶秀少年，性格温柔，我跟他从小亲近，母亲偏心，我为他不平，对他总有一份特别的袒护。那个时期，我大概算是他唯一的朋友，我看见他那落单的身影，飘来飘去，像片无处着落的孤云，就不禁为他心折。有时夏夜里满天星斗，我跟云哥坐在新店溪的岸边乘凉，我们谈未来谈理想，我说我要当护士，我看过《南丁格尔传》，看护病痛，我觉得是一种崇高的职责，而且我喜欢护士头上那顶浆得挺挺的白帽子，戴起护士帽很神气。云哥那时就立志要当中学老师了，他的耐性好，教我作业从不嫌烦，我知道他日后一定会成为一个好老师。后来云哥果然考上师范大学英文系，如愿以偿。

云哥上了师大后，很少回家，跟我也疏远了。而我自己当上白衣天使，恋爱结婚，日夜值班，过着幸福美满又忙碌得分秒必争的日子，也就把云哥暂时忽略在一旁。等到我自己安定下来，重新开始去关心他，云哥已在C中教书多年。有时我去他学校的单身宿舍去找他，总发觉他房间墙上又多了一个镜框，是"教育部"新颁发给他的优良教师奖状，挂满一排。下面一排是他跟学生们一起合照的毕业照，从一九七一年开始，一年复一年排下来，那些学生永远那么年轻，而云哥却已是渐近中年的资深教师了。三年前最后一次我去看云哥，他请我到学校附近的小馆去吃水饺，吃完天色尚早，我们漫步到植物园里，在荷花池边的靠椅上坐了片刻。那是个秋天的傍晚，荷花已经开过，只剩下荷叶一缕残香。云哥跟我谈了一些教书的苦经：学生愈来愈不好教，不肯用功，外务太多，难管理。"老师不好当啊。"云哥摇着头苦笑了一下，便沉默下来。夕阳的晚照落在云哥身上，我突然发觉他的发鬓竟起了斑白，他不过四十，额上眼角都浮起了皱纹，脸上一抹早衰的憔悴，比他实际年龄要苍老得多，而他眉宇间少年时就带有的一股挥之不去的落寞似乎更加深沉了。我感觉得到云哥的心事很重，他非常地不快乐。没有多久，云哥突然失踪，不告而别。

　　"香提之家"的义工大伟把云哥这间公寓阁楼收拾得很整齐，一点也看不出大劫过后的凌乱。云哥床上的被单垫褥都收走了，只剩下一架空床。房间浴室已经消过毒，有股强烈的消毒药水气，我将窗户打开，让外面的新鲜空气吹进来，驱走一些药味。在医院里，那些传染病的隔离病房，病人一断气抬走，清洁人员马上进去做消毒措施。前个月有一位AIDS病人死在我们医院里，那是我们医院头一宗病例，医院如临大敌，去病房消毒的清洁人员戴上面罩穿扎得如同太空人般。大概消毒水用得特别多，一股呛鼻的药水气久久不散，走近那间病房远远便可闻到。

云哥实在高估我了，虽然我在医院工作已有十年，经常出入生死场，然而面临生死大关，我始终未能真正做到坦然以对。开始的时候，我曾在癌症病房服务过，目睹一些末期病人垂死挣扎的极端痛苦，不禁魂动神摇，回到家中，一颗颤栗的心久久未能安伏。常常晚上，我一个人悄悄走到巷口的华山堂去做晚祷，跪在教堂里默默向上帝哭诉人间的悲惨，告解我内心的无助与彷徨。然而职业的要求与时间的研磨却把我训练成一个硬起心肠肩挑病痛的资优护理人员，我终于怅然了悟到，作为白衣天使，对于那些濒临死亡的末期病人，最后的责任，就是护送他们安然踏上那条不归路。"香提之家"的义工大伟告诉我，云哥走得很安详，他的神志一直是清醒的。大伟说云哥是他照顾的病人中，走得最干净的一个。我的确相信，在他生命的最后一刻，云哥不再感到孤独与寂寞。窗外的阳光斜照在云哥的空床上，我在床边跪了下来，倚着床沿开始祈祷，为云哥、为他的 Danny Boy，还有那些千千万万被这场瘟疫夺去生命的亡魂念诵一遍"圣母经"。

《中外文学》第三十卷第七期
二〇〇一年十二月

注
本文原为梅家玲教授主编《永远的白先勇》邀稿而作。

Tea for Two

从前我和安弟约会的时候,我们经常约在 Tea for Two。Tea for Two 在十八街上,靠近第八大道,当年是曼哈顿上雀喜区(Chelsea)十分走红的一家"欢乐吧"。酒吧不算大,可是后面却连着个小餐厅,餐厅名曰 Fairyland。酒吧和餐厅其实都经过大伟和东尼一番精心设计,是下过真功夫的。东尼自己掌管 Fairyland,大小事务一把抓,连餐桌上每天的鲜花也由他亲自挑选。每张餐桌上的小水晶瓶里都插着一茎玫瑰花,从殷红、艳红、粉红到娇黄、嫩白,每朵颜色各异,配着同色的蜡烛,烛光花朵交相辉映,这样才够罗曼蒂克——东尼如是说。的确,Fairyland 一周七天天天满座,排队都要排上个把小时,但一些"欢乐男"、"欢乐女"开始幽会总喜欢约在这里。由于东尼本人是华人,引来不少亚裔的"欢乐族",日裔、韩裔、泰国帮、菲律宾帮都有。当然,也有来自世界各地的欢乐炎黄子孙。因此，幽会的情侣，东西配特别多。东尼说 Tea for Two 是"东方遇见西方"的最佳欢乐地。

东尼经营餐厅，的确有他一套，规格甚高。他本人每天穿戴得整整齐齐，缎子翻领的黑西装，浆得笔挺的白衬衫领上系着一只酒红的蝴蝶结。西装左上方口袋插着一片同样红艳艳的丝手巾，丝巾叠成山字形，贴在胸上。一双尖头黑皮鞋，擦得光可鉴人。东尼最多不过五呎五六，属于五短身材，全身圆滚滚，从头圆到脚。他有一双乌溜溜大大的圆眼睛，一球蒜头鼻，一撮圆圆的小嘴，一叠厚厚的双下巴，在他那张圆圈似的胖脸下端多添出一道半弧来。最醒目的是他身后翘起的那张曲线饱满的圆屁股，把他外套的后摆高高撑起。东尼喜欢笑，一笑就呵呵地笑个不停，可是往往笑到一半，突然觉得不好意思了，便赶快用他那只肥嘟嘟的手把嘴巴掩盖起来。那时东尼大概已经五十大几了，但他捂住嘴眨巴着一双大眼睛时，却像个稚气未退的老顽童。这跟他的发型也有关系，他剪了一头寸把长的短发，因为他的头发特别柔软，乖乖地覆盖着头顶，前额却一刀齐，好像罩着顶瓜皮帽，透着几分调皮。

东尼算得上是个中型胖子，可是我从来没见过哪个胖子像东尼那样胖得干净利落。他周旋在十几张餐桌间，脚不沾地似的来回穿梭，把他手下几个侍者珍珠、百合、仔仔指挥得团团转。几个侍者也是一律黑白打扮，跟东尼一样都系着红蝴蝶领花,领班和扈从配合得节奏分明。珍珠和百合是一对形影不离的"欢乐女"。珍珠是在唐人街长大的,是个黑里俏的台山妹,我们都把她叫作"黑珍珠"。珍珠虽然小巧玲珑,但企台一加一,手快脚快,一人抵二人用,是东尼最得力的助手,东尼逢人便介绍珍珠是他的宝贝女。珍珠说,她一共有三个爹爹,大伟是她的"大爹爹",东尼是她的"胖爹爹",而她自己那个台山厨子爹却不认她了,他逼她嫁人,她说她早已嫁给了百合。百合是从德州来的,还有一口浓重的南方口音,她剃着个三分头,牛高马大,猛一眼倒像个愣小子。她在餐厅里,埋头苦干,什么粗活一脚踢。Tea for Two 里面的红人其实是仔仔 Sonny,东尼说仔仔是他的摇钱树。仔仔是夏威夷来的第三代日裔,本名叫光树正男,一双单眼皮的细长眼,泛满了桃花,有几分秀媚,是个可人儿。有几位四五十岁的中年常客便是冲着他来的。这群老山羊喜欢找仔仔胡诌,吃他的豆腐。仔仔精乖,一把嘴甜如蜜,把那群老山羊个个哄得乐陶陶,于是大把大把的小费便落入了他的口袋。那群老山羊都是有来头的,那座两百多磅留着一把山羊胡的大肉山是纽约大都会歌剧院的名导演,米开兰基诺的拿手戏是普契尼的《蝴蝶夫人》,欧美的名歌手他都导过了,他揽住仔仔的腰说:"你才是我最心爱的 Cho-Cho San!"他对仔仔完全着了迷。山羊群里还有华尔街的股票经理,公园道上的私家牙医,NYU 教东亚史的名教授 F. O.

梅地笙。

东尼的 Fairyland 广受欢迎并非偶然，他的原则永远是顾客第一。不过他对我和安弟却特别偏心，有时周末等台的客人名单太长，他会偷偷把我们两人的名字挪到前头去，在我们耳边悄悄说道："跟我来吧。"他把我们引到餐厅僻静的一角，然后替我们点上蜡烛，那一桌是娇黄的蜡烛映着娇黄的玫瑰花。东尼由衷地疼爱安弟，他拧拧安弟的腮说道："乖乖，你想喝点什么？胖爹爹请你，给你们这对卿卿鸟来杯'彩虹酒'吧！"珍珠端来的两杯"彩虹酒"有七层不同的彩色，上面燃着两朵荫蓝的火焰。我跟安弟互相举杯对饮的时候，那对郁金香形细长的高脚酒杯还是温温的。东尼设计的菜单也是东西配：前菜有法式焗蜗牛，也有日本"沙西米"。主菜有中式牛柳！也有双人共进的 Chateaubriand，这道是他们的名菜，牛肉嫩得入口即化。我和安弟的周年庆祝，点的就是这道菜，两个人你一刀、我一刀切着分来吃。东尼本人厨艺高超，而且有国际视野，他亲手调制的法式甜点苏飞蛋奶酥，第一流。

我们在烛光下慢慢品酒，细细倾诉，吃完甜点总要近十一点了，这时前面的酒吧刚刚才开始活跃起来。我和安弟抢先占到酒吧钢琴边的座位，听大伟自弹自唱《飞我上月球》《暗夜里的陌生人》《无法习惯失去你》这些在纽约"欢乐吧"里经常演唱历久不衰的流行老歌。大伟自夸歌喉比爱迪威·廉斯还要有磁性，大伟的声音虽然有点沙哑，但是每首歌都唱得十分动情，很能揪住人心。大伟留着两撇骚胡子，一头铁灰的长发刷得波浪起伏，他身高六呎，五十开外的人身材还保持得挺拔修长，穿上他那件天鹅绒墨绿外套，颈上系着一条银灰色的丝领巾，一副风流自赏的模样。有人说他像《乱世佳人》里的克拉克·盖博，大伟也自认如此，不过他说盖博的戏演得并不怎么样，脸上似笑非笑只有一个表情，他要去演戏，就会比盖博高明得多。据说大伟念大学时曾经在百老汇的歌舞剧《南太平洋》里捞到一个龙套角色，只演了几天，就被他那个开古董店的犹太老爸押回哥伦比亚念书去了。要不然，他早就成为百老汇一颗熠熠红星了，大伟一直这样认为。说到这里，他便会引吭高歌一曲《南太平洋》的主题歌《某个奇妙的晚上》，于是我们大家都拍手喝起彩来捧他的场。大伟一看见安弟便直挤媚眼，笑得一脸开了花，专门为安弟唱一曲《我把心留给了旧金山》，因为安弟是在旧金山出生的。大伟喜爱安弟，也就是说他喜爱所有漂亮的男孩。

　　Tea for Two 酒吧的装饰一律古香古色，四周的墙壁都镶上了沉厚的桃花心木，一面壁上挂满了百老汇歌舞剧的剧照：《画舫》《花鼓歌》、好几个版本的《南太平洋》，另一面却悬着好莱坞早期电影明星的放大黑白照，中间最大那张是"欢乐女皇"嘉宝的玉照，一双半睡半醒的眼睛，冷冷地俯视着吧里的芸芸众生。酒吧中央那张吧台也是有讲究的，吧台呈心形，沿着台边镶了一圈古铜镂着极细致的花纹。于是欢乐客便围着那颗心坐满一围，每人一杯在手，眼波相勾，互相瞄来瞄去，可以瞄个整晚。只是忙坏了两个酒保，站在吧台后面的调酒师金诺是在小意大利城长大的，年轻时当选过健美先生，还上过《身材》杂志的封面。严冬十二月，他在吧里也只穿着一件箍得一身紧绷紫红色的T恤，胸上背上的肌肉东一块西一块地奋起，好像随时都会把他那件过紧的T恤撑爆似的。这个大壮汉周身放射着男人气，是Tea for Two的雄性中心，他调酒时也好像在作秀一般，一只肌肉虬结的壮臂倏地将玻璃调酒器高高举起，稀里哗啦一阵碎冰地筛摇，各色鸡尾酒便摇了出来，然后十分潇洒利落地往酒杯里一倾，滴酒不漏。跑堂的酒保费南度是个菲律宾小壮汉，小费那张棕色发亮的圆脸上永远挂着一团笑容，而且还有两个小酒窝。他和金诺也是一对东西配，跟金诺一样冬天也穿着一件紧绷绷的T恤。越战期间，金诺的军队驻扎在菲律宾克拉克空军基地，小费是美军雇用的厨子。战后金诺千方百计把小费弄到美国来，两个人天天到健身房去练肌肉。

Tea for Two没有迪斯科，也从不放硬摇滚，到了周末人多，中间几张桌椅一撤，便是一个小舞池，可以跳得下七八对，都是贴面舞，最多插几曲拉丁的恰恰和伦巴。因此，Tea for Two整间酒吧都洋溢着一股老纽约的怀旧气氛，比起格林威治村那些狂野的"欢乐吧"来，多了几分雅驯和温柔——连所有的灯饰都是暗金色的。到 Tea for Two 的"欢乐族"，寻找罗曼史多于一夜情。但 Tea for Two 也有令大家呼叫欢腾的时分，那就是周末晚大伟和东尼两人客串的歌舞表演。大伟和东尼都换了一色舞装，黑白条子的上身外套，绛红的紧身裤，头上戴着顶高礼帽，两人都穿上了踢跶舞鞋。两人站在一起，一高一矮，一胖一瘦，一齐脱了帽子向观众一鞠躬，便载歌载舞起来，表演了一段五十年代老电影 Tea for Two 中桃乐丝·黛和戈登·麦克瑞合跳的踢跶舞来。两人在那小舞池里，踢踢跶跶，进退如仪，忽尔同时向左转，忽尔同时向右转，一齐甩手，一齐翘屁股，节拍分秒不差，好像两人在一起练过一辈子的舞，已经达到百分之百的默契，简直有点百老汇的味道了。于是我们都围在舞池周边，鼓掌的鼓掌，喝彩的喝彩，大家异口同声合唱起 Tea for Two 来：

>   Tea for Two
>   And Two for Tea
>   Just me for you
>   And you for me
>   Alone——

那是七十年代末八十年代初纽约的"欢乐年代"最关键

的时刻，也是我一生中感到最幸福最美满的刹那，我有安弟依偎在我身边，我搂住他的肩，我们手中都擎着一杯甜沁沁的"彩虹酒"。

我是在 Tea for Two 邂逅安弟的，那是个四月天的春夜，纽约的天气刚刚转暖，我们两人在 Tea for Two 里恰巧坐在酒吧台那颗心的尖端。安弟穿了一件苹果绿的薄毛衣，配着件杏黄色软领衬衫，他那年只有十九岁，他是那样地青春，那样地俊美，我情不自禁地一直凝睇着他，看得他不好意思了，对我羞涩地笑道："我叫安弟。"他是用标准的中文讲的，那一刻，改变了我一生的命运。

安弟是个中美混血儿，他有西方人的英挺和东方人的蕴秀。他那一头丰盛柔软的黑发是显性的东方，一双眼角上挑的明眸是古典中国式，可是他的鼻梁高挺，轮廓分明，白皙的皮肤是那样地洁净——安弟是个东西合璧的美少年。而他的性格又是如此温柔可亲，是个心地善良的好孩子，难怪 Tea for Two 里面的人都疼爱他。

安弟叫我罗大哥，他说他很高兴终于找到了一位中国哥哥。安弟的父亲是到台湾学中文的留学生，追上一位比他大五岁的语言中心教中文的老师，两人结婚后回到旧金山，安弟父亲继续在史丹佛念博士，他母亲却在旧金山州立大学觅得一份教中文的教职，赚钱贴补家用，安弟就是在旧金山出生的。博士念完，他父亲把他母亲抛弃掉，儿子也不要了。他母亲只得又嫁了一位老教授，是个脾气古怪的英国人，在纽约爱因斯坦医学院教遗传学，养了一屋子的白老鼠。安弟说他受不了家里的老鼠屎臊，更受不了那个成日喃喃自语的怪僻继父。上大学安弟便搬出来自己独立生活了，暑假他便在Tea for Two打工赚学费，是东尼得宠的助手，所以他到Tea for Two去喝酒，经常是免费的。

安弟在布鲁克林的普拉特学院（Pratt Institute）学摄影。他说他最大的梦想便是当特约摄影记者，有一天能替《国家地理》杂志拍摄一个专辑，他希望到中国的承德去拍摄清王朝的避暑山庄，他母亲一家是旗人而且是清朝贵胄的后裔，他母亲的祖母嫁给叶赫那拉氏族，曾经奉召到热河行宫参见过慈禧太后的，从小他母亲便津津乐道讲给他听他母系家族一些近乎神话的传说轶事，他母亲告诉他，他身体里流着中国人的"蓝血"。安弟的确举止间自然流露出一股秀贵之气，他是我心中的小王子。

可是安弟对我说，他一直有着身份认同的困扰，大概他幼年时他与他的中国母亲便遭到他美国父亲的遗弃，所以他觉得他身体里中国那一半总好像一直在漂泊、在寻觅、在找依归。我把安弟紧紧搂入怀里，抚摸着他那一头柔顺的黑发，在耳边轻轻说道："安弟，让我来照顾你一辈子吧。"那时我已在NYU拿到了企管硕士，并且在大通银行找到一份待遇相当优厚的差事。我在第三大道上近二十一街处租到一间第十八层的顶层阁楼，阁楼有一个阳台，站在阳台上，入夜时，可以看到曼哈顿灿烂的晚景。我与安弟倚在阳台的铁栏上，抬头眺望曼哈顿上空紫色的天穹，等着那一颗一颗星光的闪现。我紧执着安弟的手，心中有一份莫名的感动。安弟是我第一个深深爱恋上的男孩子，那份爱，是用我全部生命填进去的。

我与安弟决定生活在一起，那是在我们交往半年后的事了。安弟搬进我的顶楼公寓，我们打算成立一个家，其实多少也受了大伟和东尼的启发。大伟和东尼庆祝他们在一起四十周年的那天，也请了我和安弟到他们家去参加他们的纪念"派对"。那天请的都是自己人：珍珠和百合，仔仔带了他那座大肉山的大都会歌剧导演，他和米开兰基诺已经同居了，还有那一对壮汉大肌肉金诺小肌肉小费。因为是喜庆，我们大家都送了花去，我和安弟到花店特别订制了一只用红白两色各样四十朵康乃馨串扎起来的心形花圈——那是安弟的主意。大伟和东尼果然大乐，大伟一把抱住安弟，在他腮上一连亲了几个响吻，还不肯放手。东尼狠力一把推开他，嗔道："够了，够了，你这只老山羊，别吓坏了我的乖乖！"说着便把安弟拖走了，我们都大笑起来。

大伟和东尼的家在"东村"第八街圣马可广场附近，是一幢三层楼的褐色砖房，外表古雅，一扇蟠花的铁门引着一道石阶上去。大伟说这是他们家传下来的老屋了。他一面引导我们大伙参观他和东尼两人精心布置的这个家，一面介绍他祖上颇带传奇色彩的家世。大伟的祖父是旧俄时代的犹太人，是圣彼得堡的富商，俄国大革命举家逃到中国辗转到上海落脚。大伟父亲是个精明强干的生意人，在上海霞飞路开了一家叫"卡夫卡斯"的高级西餐厅，生意鼎盛，大伟便是在上海出生的。他还会几句宁波腔的上海话，"慢慢叫，慢慢叫"，是他的宁波保姆教他的。后来日本人打进上海，大伟一家又逃到纽约来，船上带了几十箱的中国古董跟家具，便在曼哈顿第五大道上开了一家古董店，有个中国名字就叫"霞飞路"，大伟父亲大概还一直怀念上海霞飞路他从前那家老餐厅。大伟是独生子，他父亲留下的宝贝，他都继承了下来。

　　大伟和东尼家一楼的大客厅是椭圆形的，里面的陈设跟主人一样完全是东西配。那一堂两长两短高靠背丝绒沙发，宝蓝镶金边，是英国维多利亚时代的，但是四张对开的椅子却是中国酸枝镶云烟石的太师椅，两张沙发后面各竖着一档高达一丈半的乌木屏风，嵌着碧莹莹的翠玉片，一档是百美图，另一档是喜鹊嬉春，雕工极细，人物眉眼分明，花鸟百态俨然。大伟说这对乾隆年间缀玉屏风是他父亲留下来的传家之宝，有人出过吓人的高价他也不舍得出让。这一组中西配搭的家具，有一种奇特的和谐，就如同客厅其他角落的摆设一般，那些瓶瓶罐罐，一中必有一西，配得成双成对。

大伟指着东尼的背影悄声跟我们说道:"他是室内设计专家,这些摆设都是他的主意,我改动一下,他整天都不跟我说话呢!"

大伟率领我们上二楼去参观他们的卧室,东尼却带着珍珠百合至厨房准备晚餐去了。大伟和东尼那间睡房也装扮得十分特别,房间相当大,中间一铺帝王型的红木床,床上床下却堆满了几十个枕垫,中国的、印度的、波斯的都有,金线面夹着大红大绿的花花叶叶,大的有三四呎见方,小的才一个巴掌大。卧房四壁都镶了镜子,镜子上端有聚光灯,映得整间卧房彩色缤纷,好像进到一个童话世界的幻境中一般。大伟指着床上那些枕垫笑道:"东尼睡觉最不守规矩,满床乱滚,我把床边塞满了垫子,免得他滚下床去。"

床头有一张半月形的桌案,上面摆满了大大小小镶了各种镜框的相片,都是大伟和东尼两人合照的:两人骑在大象背上是在泰国照的,头上戴了花冠,颈上套着花环,连腰上也插满了大朵大朵的热带花,大伟说那是他和东尼两人一九七五年到大溪地拍的。摆在中间一张放大的黑白照,是个赤身露体十来岁的男孩背影,男孩圆滚滚的屁股翘得高高的,背景是一片湖水,灿烂的阳光把湖水都照亮了。大伟笑眯眯地指着那张照片说,那是东尼在纽约州上面的奇普西参加童子军露营时,他偷偷替东尼拍下来的。我们都凑近去看,仔仔指着东尼那张圆滚滚的翘屁股惊呼道:

"哇！这张屁屁迷死人哩！"

"这就是我迷恋他四十年的主要原因。"大伟颇自得地嘿嘿笑道。

"你的也不差哟！"

那座肉山导演伸出他那熊掌似的大手在仔仔后面摩挲了一下，摸得仔仔咯咯地骚笑起来。

饭厅在一楼，位于椭圆客厅的一端，隔着一扇卐字雕花的推门，饭厅全是大理石的装饰，地板、壁炉，连那张长方形的餐桌都是乳白底子漾着赭红花纹的大理石，温润光滑，倒有点像一盆东尼调制的蛋奶酥。餐桌可容十二人，那天桌上摆满了鲜花，我和安弟送的那圈康乃馨放在桌子正中央，红白对衬，花心中间立着一柄扇形的银烛台，上面插了十二支修长的莹白蜡烛。

那晚的四十周年纪念晚宴，大伟和东尼把他们家中的宝货都拿出来待客了，他们收藏了十几年从法国带回来的一打一九六五年酿制的名贵红酒也从箱底翻了出来。东尼为了这餐盛宴足足筹备了一个星期。每一道菜上来，我们都不由得哇的一声赞美。东尼说那些鹌鹑是他开车到新泽西州一个鹌鹑场上亲自挑选的，只只肥嫩，而且是现宰的。那晚那道压轴大菜奶油鲜菇焗鹌鹑果然不凡，鲜美无比。

珍珠坚持要她的胖爹爹坐下来好好用餐，由她和百合两人伺候上菜。大伟和东尼都换上了一式半夜蓝缎子上衣,黑丝绒的衣襟上各人别着一朵绿丝带编织成的康乃馨。壁炉里燃烧着松香木,熊熊的火光映得两人的醉颜鲜红。东尼本来就爱笑,那晚更是呵呵笑得肆无忌惮,也忘了用他那胖手去遮嘴巴了,两人你一句我一句抢着告诉我们他们凑在一起的故事。

原来东尼也是在上海出世的,他的父亲也是个富商,开间大纺织厂,家里有点洋派,经常上西餐馆,是"卡夫卡斯"的常客,所以两家人原本认识。巧的是,东尼和大伟是同年同月同日生的,大伟只早出生两个时辰。更巧的是两人竟出生在同一家医院,两家人都选上了当年上海最高级的广济医院,是法国天主教开的。一九四九年,东尼一家先去了香港,后来又来到纽约,两家再次联络上。大伟和东尼上初中时就被家里送去同一间私立贵族男校,两人同在一个班上。

"那时班上只有我一个中国人,常常受欺负,"东尼撕着一只鹌鹑腿说道,"那群家伙天天追着我叫我'中国娃娃'、'胖子胖',幸亏有他保护我!"东尼将头在大伟肩上靠了一下。

"我常常为他打架,打得那班小子个个求饶!"大伟举起拳头得意洋洋夸口道。

"别忘了你的鼻子也给打歪了的。"东尼也斜着眼睛瞄了大伟一眼。

"那是我自己跌跤跌的。"大伟支吾道。

"讲讲你们的'第一次'吧!"仔仔促狭道,我们都鼓噪起来。

"是你讲还是我讲?"大伟问东尼。

"你讲吧,可是不许胡说八道。"东尼警告道。

大伟说他们两人上初三那年暑假参加童子军夏令营,在奇普西的一个湖边森林里露营,他和东尼睡在一个帐篷里,而且睡在一起。

"睡到半夜,我突然感到一团暖呼呼圆滚滚的肉屁股凑了过来——"

"别听他胡说,"东尼急忙打断大伟的话,"真相是这样的:那晚我已经睡着了,突然一只手伸进我裤子里乱摸一阵,把我弄醒了。"

大伟继续兴致勃勃地描述他和东尼的"第一次"。他说那晚他和东尼借故出去小便,爬出帐篷两人连跑带跳穿过一片野杉林,飞奔到湖边去。

"那天晚上月光很亮——"

"没有月亮,只有星星!"东尼指正大伟。

"星星也很亮,把湖水都照亮了,"大伟不为所动继续说下去,"我们两人就在湖边的草地上,脱得精光——嚯,我敢说,那晚整个湖都在翻腾呢!"

大伟得意忘形地数说着,东尼一双胖手捂住脸倒不好意思起来。

"我的上帝！"大肌肉金诺情不自禁地惊叹道，他伸出手去捏了一把小肌肉小费的膀子，小费的酒窝笑得更深了。我也暗暗在台下握了一下安弟的手，安弟望着我会心地微笑。

"我敢打赌，你们两人那时毛还没有长齐呢！"仔仔笑着调侃道。

"喂，喂，你们说话文雅些吧，"那座肉山导演故作正经地说道，"我们还有两位女士在这里呢！"

珍珠和百合刚刚捧了甜点进来。

"她们两人见过世面的，不碍事。"大伟揽住珍珠说道。

"大爹爹，你只管说，"珍珠俯下去亲了一下大伟的额头，"你和胖爹爹的罗曼史我们也爱听的。"

大伟说那整个夏天他和东尼都在狂热做爱，两人趁人一不注意就溜出去亲嘴打野炮。有时两人钻进山洞里，有时爬进排水沟里，但是最开心的还是三更半夜两人偷跑到湖边，脱得精光跳到湖中去嬉水。那是他们一生最难忘怀的一个夏天，两个人，同一天，度过了十五岁的生日。

珍珠和百合俩推进来一座两层大蛋糕，第一层上足足点了四十支五颜六色的小蜡烛。第二层上却立着一对小人儿，一高一矮，一胖一瘦，各戴着一顶高礼帽，穿着黑白条子的上衣，深红裤子。我们走近去围着一看，连眉眼都画得有点像大伟和东尼，大伟的八字须和东尼的双下巴也描了出来，大家看得都哄笑起来。珍珠说那两个小人儿是她用面粉捏出来的,她在唐人街学过这行手艺,还可以捏出各种小动物来。

大伟和东尼两人手挽手走到蛋糕面前,倏地向我们一鞠躬,你一句我一句连唱带做,表演了一出迷你歌舞剧:《四十年来了又过去》。

  大伟:蜜糖,我足足听了你四十年的打鼾声,
  东尼:甜心,我也足足闻了你四十年的响臭屁。
  大伟:我为你洗了四十年的脏厕所,
  东尼:别忘了我也替你洗了四十年的脏袜子脏内衣。
  大伟:我做了你四十年的私家司机天天载你逛街看戏,
  东尼:我也做了你四十年的私人厨子天天给你炒蛋煎鱼。
  大伟:蜜糖,四十年我哪次忘记送你生日礼?
  东尼:甜心,四十年我何曾忘记每晚亲一下你的大鸡鸡!
  东尼突然伸一只胖拳头一拳打到大伟胸上,恨恨唱道:
  有一点,最可恨,老山羊看见漂亮孩子就流口水色迷迷!
  大伟赶快搂住东尼的肩膀涎着脸唱道:

可是蜜糖，最后我还不都是乖乖回来拥抱你的胖屁屁！

大伟、东尼（合唱）：四十年来了又过去，为什么我还跟你厮混在一起？因为我们同年同月同日生，两人在一起，真有趣。

大伟和东尼还没演唱完，我们老早笑成了一团。珍珠和百合尖叫起来，百合一把将珍珠抱得离地而起，大肌肉小肌肉两人用拳头互相捶来捶去，肉山导演已经喘不过气来，眼泪直流，仔仔赶紧替他捶背，安弟笑得直往我怀里钻。大家笑着笑着不约而同一齐拍手唱起了 *Tea for Two*，于是很自然的，大伟和东尼，两人一齐甩手、一齐翘屁股，跳起他们的踢踏舞来。

我在台北的父母亲本来盼望我在美国一念完书就回去的，父亲在台湾有一家蒸蒸日上的大企业，他鼓励我念企管就是希望我学成回去帮助他，经过他的调教磨炼，日后接班，把罗家的事业继续壮大下去。母亲却另有打算，她经常提醒我：都已经三十出头了！她在敦化南路三六九巷看中了一层公寓，三房二厅，五十坪，我回去成家住正好。当我告诉父母亲我在纽约找到了一份好差事，暂时不会回台北，当然告诉他们，我远走美国就是要逃离台北，逃离台北那个家，逃离他们替我安排的一切。我根本无法告诉他们，是在纽约，我找到了新生，因为在 Tea for Two 里，我遇见了安弟。

安弟的母亲 Yvonne 叶吟秋女士倒开通得很，安弟搬进我第三大道的阁楼公寓是他母亲亲自开车替他把行李送过来的。叶吟秋女士是位长相高雅、谈吐温文的妇人，尤其是她那一口京片子，悦耳中听。安弟虽然只会说一些简单的中文，但标准的发音却是从他母亲那里学的。他的中文名字叫叶安弟，也跟着母亲姓了。大概生活经过一番风霜的磨砺，Yvonne 一头头发倒早已花白了，然而她眉眼间的一份贵气，大概是她正黄旗的老祖宗代代相传下来的。她临走时郑重地把安弟托付给我，也顺着安弟叫我罗大哥：

"罗大哥，安弟还是个孩了，不懂事的地方，请您多担待。"

安弟搬进来与我同住后，我才开始有了"成家"的感受，安弟和我两人把阁楼公寓布置成一个温暖的小窝巢。安弟很有艺术眼光，他替我挑的几件家具，简单朴素，可是往阁楼里一摆，不多不少，正好构成一幅视觉舒畅的图画。阁楼仅有的一面空墙，悬挂上安弟最得意的一张摄影，那幅影像的尺寸放得很大，几乎占满了一半墙壁。那是安弟在维蒙州拍摄的一幅春景。整幅画面都是一片耀眼的绿，新生的嫩叶，千千万万，向天空舒展，朝日的艳阳，万道金光，把一顷丛林都点燃了，安弟捕捉到初春晨曦最灿烂的片刻。那幅绿得令人神爽的影像占据了我阁楼的中央，让我感到安弟真的闯进我的世界里来了，而且带来一身亮绿的青春。我将安弟拥入怀里时，我可以闻到他身上的少年香。

大伟和东尼知道我和安弟已经定情同居在一起，他们两人送了一件贵重的贺礼给我们，一套英国雅致的银器茶具，而且在两只银杯上刻了我和安弟的姓氏字母 L 跟 Y。东尼双手捂住安弟的面颊，笑道："乖乖，你和罗两人也可以来个 Tea for Two 了。"

那年春天，我和安弟两人，常常在阳台上喝我们的"双人茶"。往往在星期日下午，我们把茶几椅子搬到阳台上去，将那套银茶具摆出来，安弟和我都喜欢喝奶茶，我们用的是印度大吉岭红茶，那有高山茶的一味醇厚。我们楼下隔壁便是一家法国糕饼店，我和安弟坐在阳台上，手里擎着那一对银茶杯，一面喝奶茶，一面品尝法国糕饼店各色精巧的水果蛋糕。那年曼哈顿开暖得早，我阳台上那十几盆齐胸高的"欲望之心"一下子齐都怒放，整个阳台盖满了花朵，那是一种重瓣的杜鹃花，外层雪白，里层却托着一颗鲜红的花心，夕阳斜射在花丛上，好像一大匹白绫上溅满了殷红的血点一般。春风撩动着安弟一头墨浓的黑发，面对着坐在花丛里的这个美少年，我心中充满了怜惜，恨不得将安弟幼年时遭父遗弃所受的委屈统统弥补起来。对安弟，我是在溺爱他。

安弟只有一架二手的日本佳能照相机，配件也是七拼八凑而成的，他那只三脚架，一只脚已经不稳了，架起来下面还要垫东西。有一次，我和安弟走过三十二街一家有名的摄影器材行威老必，橱窗里陈设着一架德国徕卡公司刚出笼R系列的照相机，高踞在一座银色的三脚架上，橱窗里的汽灯射在上面，真有睥睨群雄的架势，其他牌子的相机统统黯然失色。我和安弟本来已走过威老必门口，安弟突然折返在橱窗前停了下来，指着那架徕卡哇地惊叫起来，他将脸抵住橱窗玻璃看了半天，大概他看清楚那架徕卡的价钱了，回头向我咋了一下舌，笑道：

"我要打一夏天的工才买得起这个宝贝呢！"

安弟的生日是七月四号，与美国国庆同一天，那是个大生日，那年他二十岁。头两天我已替安弟买好了一份礼物，从我办公的大通广场转过去的华尔街上有一家徕卡专卖店，我在那家店里买了一副R系统最新型的相机，连同全套配件各种镜头，外带一只非常漂亮醒目的硬壳黑色真皮箱子，可以背在肩上的，一共花了近三千元。我在生日卡上写道：

我的小王子，希望有一天，你用这架徕卡，把中国的热河行宫拍摄下来，我相信没有人比你拍得更好，因为你的祖先曾在那里风光过。

那天晚上，安弟放了学回来，走进卧房，看到那架崭新的徕卡高高蹲在银光闪闪的三脚架上，兴奋得又叫又跳，抱住我乱说一顿。整晚安弟都在玩弄那只相机，不肯放手，各种镜头试了又试，换一个镜头便喃喃自语赞几句。装好配件，充好电，他便要我坐在沙发上让他对准镜头，然后按下自动开关，跑过来猴到我身上将我紧紧搂住，咔嚓一下拍了一张两人搂成一团的双人照。

从此以后，每天清晨，安弟赶到学校去上早课，出门时，第一件事就是先背上那只黑得发亮的真皮箱子，然后一只手提起三脚架，摇摇晃晃便跑上街去，走到转角处，他总要转身向上望一下，他知道我一定会站在阳台上目送他离开，他会朝我摆一摆手，然后又急急忙忙赶着去乘地铁。他从曼哈顿乘到布鲁克林要转两路车，有四十多分钟的行程，所以每天总是他先离开，而我到大通广场，十二三分钟便到了。

那年圣诞节，本来我们已经讲好邀请安弟的母亲到我们家一同过圣诞夜的，因为她那个古怪的遗传学教授回英国去了。Yvonne告诉我们，她会带只烤好的火鸡来，火鸡肚膛里塞着的糯米饭，她说那是安弟最爱吃的玩意儿。叶吟秋女士是天主教徒，我和安弟答应她吃完饭陪她到第五大道的St. Patrick大教堂去望午夜弥撒。圣诞节的前两个星期，安弟的课业即将结束，纽约第一场大雪刚下过，那天安弟出门，穿了一件银灰色鸭绒里子的半长大衣，一条长长的绛红围巾直拖到背后，他头上戴了一顶白色的绒线帽，帽顶有团黑绒球，衬得他那张俊秀的面庞更是眉眼分明。他仍旧背上他那只黑皮箱，一手提着三脚架，兴冲冲地跑了出去。我站在阳台上，看见他左晃右晃踏着街上的雪泥，身后的红围巾被风吹得高高飘起，他照例在转角处回首举起三脚架向我挥别，银灰的身影倏地便不见了。阳台上寒风阵阵，冰冷的空气直灌入我领口，我一连打了几个寒噤，赶紧回到屋内。那天我们银行来了几个欧洲的大客户，谈完一桩生意已是晚餐时分，我的上司请那几位欧洲大户到五十五街的 Le Pavillon 去吃法国大餐，我找了一个借口便赶回家中，那时已近八点，可是安弟还没有回来。我把通心粉拿出来，预备做一道蛤蜊通心粉，和安弟两人共进一顿简单的晚饭。这道意大利菜，我们两人都爱吃。我先把通心粉煮好，打开了一罐蛤蜊，将汁倒出来备用，等安弟一回来就下锅爆蒜来炒蛤蜊。等到九点半，我已经开始心神不宁了，因为安弟是个体贴的孩子，他有事晚归，一定会先打电话回家，要我不用等他先用晚餐。十点一刻，电话铃响，我跳起来去接电话，以为一定会是安弟。电话是警察局打来的，警官先问我安弟是不是住在这里，我说是。他又问我是安弟的什么人，我脱口道出我是他的监护人。警官告诉我，安弟出事了，他在布鲁克林的地铁站里遭了抢劫，有人看见一个黑人强盗抢他背着的皮箱，安弟和那个强盗扭打，被强盗一把推落到铁轨坑道，给开来的快车撞个正着。

从那一刻起，我的记忆完全陷入了混乱状态。我在停尸间里昏厥过去，后脑撞到铁架上，引起了脑震荡。那一跤跌下去，我从此一蹶不振。一位警官领我去认尸，他指着一团血肉模糊的东西，他说那是安弟。安弟的脑袋被压扁了，他那顶白绒帽给血染得通红，脑浆和绒线帽粘搅在一起，他的眼珠子被挤了出来，下巴整个歪掉移了位，露出上下两排白牙来。他的一双腿也轧断了，只剩下一截身躯还能辨识，他那件银灰的大衣，整块整块都是殷红的血迹。安弟，我那美貌的小王子，瞬间竟变成了一个形状狰狞恐怖的怪物。

我不知道在医院里昏迷了多少天，等我醒过来时，医生又给我注射大量的镇静剂，让我继续昏睡，因为我的神志稍微一清醒便会大喊大叫，发了狂一般。他们把我绑在床上，我爬起身时，会用头乱去撞墙。等到我的疯狂状态完全过去，情绪已经稳定下来，医生才让我出院，那大概是三个多月以后的事了。医生要我每个星期回到医院去做心理治疗，而且必须继续服用镇静剂及抗忧郁药。是大伟和东尼来接我出院的，住院的那段时间，他们两人经常来探望我。珍珠、百合、仔仔、金诺、小费好像也来过，不过我已记不清楚了。东尼来得最勤，每次他带盒他亲手做的蛋奶酥来，用叉子喂给我吃，其他的人我差不多都不认识了，只有东尼那只胖嘟嘟又厚又暖的手抚摸着我的额头时，我才有感觉。大伟和东尼开车送我回返第三大道我那间阁楼公寓后，两人同时紧紧拥抱了我一下，东尼在我耳边轻轻说道：

"到 Tea for Two 来，我请你喝酒。"

"罗，你一定要来，"大伟向我挤了一下眼睛，"我还要唱歌给你听呢！"

第二天，一大清早，我收拾了一箱衣服，开了我那辆 Volvo，离开纽约。那一离去，等我再回到这座曾经把我的小王子爱人安弟吞噬掉的恶魔城市，已是五年以后的事了。

那天开车出城，天刚刚发青，我加足马力，开上华盛顿大桥。我像逃亡一样，逃离那群鬼影幢幢的摩天大楼。我开上八十号州际公路，直往西奔，头一天我开了十六个小时，穿过新泽西、穿过宾夕法尼亚、进入俄亥俄，直到我开始打盹，方向盘抓不稳车身开始摇晃，我才从公路岔了出去，在一个荒凉的小镇找到一家汽车旅馆，蒙头大睡了一晚。

第二天一早，我又上路继续往西奔，开过印第安纳、进入伊利诺，经过芝加哥时，我停也没停，赶紧穿过去，我对于竖满了高楼的大都会有一种说不出的恐惧。也不知开了多少时候，一直到汽油耗尽，人也累得开不动了，终于在爱荷华州东部一个叫雪松川的小城停了下来。就这样，我匿藏在爱荷华州，好像一个被通缉的杀人犯般，躲在中西部那片无边无垠的玉米田中，埋名隐姓，与世隔绝，悄悄地度过了五年。

雪松川是一条水流急湍的河流，穿过城市中心，春天开冻时，流水挤着融化的冰块，滔滔往下滚去。我在雪松川市的东郊，租了一间小木屋，河的两岸都是雪松丛林，小木屋便隐藏在密密的森林中。在屋里，终夜听得到汩汩的流水声、森林里呼号的风声，有时候，月色清冷，半夜三更突然间破空而来传过几声尖锐刺耳的惨啸，那是猫头鹰对月啼叫，我常被这阵惨叫从梦中惊醒，一身冷汗涔涔。头一年，我什么事都不能做，因为注意力完全无法集中。我像一个患了失忆症的病人，脑中记忆库里的过去记录，突然崩裂掉，我与亲友完全断绝了音讯。有时我整日坐在河边，望着滚滚而去的流水发呆，不知自己是谁，身在何处。有时我开了车子在爱荷华州笔直通天的公路上漫无目的飞驰，一直开到杳无人烟的玉米田里停下来，看着那轮血红的夕阳冉冉沉落到那一顷万亩的玉米丛中。

　　第二年开春，我银行里的积蓄用光了，我在雪松川市政府找到一份会计工作，对我来说这是再也轻松不过的差事。虽然薪水少得可笑，但也足够支撑我在小木屋简单的生活。雪松川东郊都是捷克人的移民区，以养猪为业，那些朴实憨厚的捷克农夫两三代还在讲着口音古怪的捷克话。我经常到他们农场去买他们自己腌制的腊肠、咸肉，他们也会做熏猪蹄，只有市价的一半，而且新鲜。我在小木屋的后面开辟出一块耕植地来，我种过玉米、番茄、包心菜、马铃薯、胡萝卜。爱荷华州的耕地肥沃，多半是腐叶土，随便种什么，长出来都粗粗壮壮的。我也学那些捷克农夫做罗宋汤，煮一大锅吃几天。就这样，我喝着罗宋汤，度过几轮失去了记忆的寒暑。直到有一次，我常常去买腊肠火腿的一户农家，那家的老祖母过世了，老妇人生前对我很亲切，每次去她都送一长条她亲自焙烤的面包给我夹火腿。她儿子把她一架旧式的收音机送给我做纪念，因为他知道我的木屋里没有装电视，没有唱机，没有任何音响设备。有一晚，我打开那架老旧的收音机，一家经常播放老歌的电台，正在播放金嗓子桃乐丝·黛的精选歌曲，突然间，我听到桃乐丝·黛甜丝丝带着磁性的歌声：

　　Tea for Two,

　　And Two for Tea——

我那久已麻痹的神经末梢忽然苏醒张开，眼前浮现出大伟和东尼，两人一高一矮、一胖一瘦，戴着顶高帽子，在舞池里左转、右转、甩手、翘屁股，跳着踢跶舞。那一刻，我心中涌现起一股强烈的欲望：我要把我那断裂的过去衔接起来。

一九八五年圣诞节的前一周，我开着我那辆早已破旧了的 Volvo，照旧沿着八十号公路，没昼没夜，开了四天的车，回到纽约。我在雀喜区找到一家 YMCA 旅馆住了进去。那天晚上，我洗好澡，换上干净衣服，便步行到第八大道去。

我去寻找 Tea for Two。走到十八街转角原本是 Tea for Two 的旧址那里，原来亮黄色的霓虹招牌不见了，却换上紫巍巍 End Up 两个大字。我迟疑了一下，推门进去，迎面冲来一流震耳欲聋的硬摇滚，音量之大好像洪水破闸而出，把人都要冲走了似的。里面的灯光全变了镭射，随着音乐忽明忽暗，镭射灯光像数千把寒光闪闪的利剑在空中乱砍乱劈，令人眼花缭乱。我进去后，隔了好一阵子，眼睛才看得清楚。原来 Tea for Two "欢乐吧"的布局全部改装过，整间酒吧变成了空荡荡的一个大舞池，心形的吧台也被拆掉了，酒吧被挤到一角，只有一道栏杆拦起来，把一个骨瘦如柴长发披肩的调酒师关在里面。四面墙上那些老牌明星照统统无影无踪，幸亏他们把嘉宝的玉照也拆走了，"欢乐女皇"受不了这份嘈杂。墙上换上大幅大幅壮男半裸的画像，阳具和臀部的部位画得特别夸大。硬摇滚敲打得如此猛烈，好像虚张声势在镇压、在掩盖什么。舞池子里只有十来个人，各跳各的，着了魔一般，身不由己地狂扭着。舞客穿着邋遢，镭射灯把他们身上罩上了一层银紫的亮光，在转动的灯光幻影下，好像空中纷纷在飘落齑粉，池子里都撒满了玻璃屑。我绕到后面去找 Fairyland，餐厅已改装成电视间，墙上一面巨大的荧屏幕正在放映男色春宫，一群赤身露体的汉子交叠在一堆，在拼命重复着同一个动作。半明暗的电视间里，只有稀稀落落三四个人，仰靠在椅子上，手里握着一只啤酒瓶，面无表情地瞪视着荧屏幕上那重复又重复的单调动作。Fairyland 不见了，Tea for Two 被销毁得连半点遗迹都寻找不到。

"大伟和东尼你认识吗？"我问那位骨瘦如柴，一头蓬乱长发的调酒师，我要了一杯不掺冰的纯威士忌，一口便喝掉了半杯，那是我五年来头一次开酒戒。

"没听过他们。"调酒师耸耸肩，脸上有点不耐烦。

"他们从前是 Tea for Two 的老板。"我大声对他叫道，摇滚乐几乎淹没了我的声音。

"这里换过好几个老板。"调酒师淡然说道，他又递了一杯威士忌给我，我掏出五块钱的小费塞给他，他望了我一眼，脸上木然的表情才稍缓和一些。

"金诺，你听说过他吗？从前他也在这里调酒的。"我又问他，我拼命想把 Tea for Two 的历史挖掘一些出来，好像要证明它确切存在过。

"金诺？当然，"调酒师说道，"我就是来接他的位置的。"

"金诺现在在哪里？"我好不容易抓到一根与 Tea for Two 有关的线索，赶紧追问下去。

"他死了，"调酒师一双深坑的眼睛瞪着我，大概他看见我不肯相信的样子，又加了一句，"他去年死的，他得了 AIDS。"

那天晚上我在 End Up 喝得酩酊大醉，回到 YMCA 旅馆，我倒在房间地板上，放悲声大恸起来，那是自安弟惨死后，第一次，我哭出了声音。

第二天是圣诞夜，街上的人都抢着购买最后一些圣诞礼物。我挤进一家高级食品店，买了一瓶波多红酒，一罐鹅肝酱，黄昏时，摸索着找到了"东村"圣马可广场第八街大伟和东尼那个家。大伟开门见着我便大声惊叫起来，他紧紧搂住我半天不肯放手。

"感谢上帝！"大伟舒了一口气叹道，"你居然还活着。"

我们进到客厅坐定后，我向大伟略略叙说了我这几年生活的情形，求他谅解我不辞而别，失去联络。

"我们都以为你早就不在人世了！"大伟摇头笑道，"可怜的东尼，他还为你洒下一大把眼泪呢，他说你一定是跳到赫逊河里去了，而且是从华盛顿大桥跳下去的。"

我笑了起来，说道："东尼说得倒有点对，我开车离开纽约，曾经开过华盛顿大桥，不过没有跳下去就是了。"

"东尼呢？"我又问道。

大伟指了指楼上，放低声音说：

"他在睡午觉，等一下我去叫他。"

我从袋子里拿出那罐鹅肝酱来。

"我还记得东尼喜欢吃这个东西。"

"谢谢你想得周到，"大伟接过那罐鹅肝酱，望着我说道，

"东尼中风了。"

"哦——"我禁不住伸出手去轻轻拍了一下大伟的肩膀。

"是去年冬天的事。"大伟补上一句。

刚进来时，我只顾着跟大伟叙旧，没有注意到，大伟这几年竟苍老了许多。虽然他仍旧穿着一袭华贵的黑丝绒外套，颈上系着一块暗蓝洒金星的丝围巾，头发仍旧刷得整整齐齐，但几乎全白了。他消瘦了不少，连额上都添了皱纹，本来唇上两撇风流潇洒的胡子，因为两颊坑了下去，显得突兀起来。

"不过东尼恢复得还不错，我扶着他可以走路了，现在我就是他的拐杖，"大伟笑道，他努力向我挤了一下眼睛，"说不定再过一阵子我们又可以一齐跳踢跶舞了呢！"

我和大伟正聊着天，楼上传来一阵敲地板的声音，大伟马上跳起身来往楼上跑去，一面爬楼梯一面喊道：

"蜜糖，我这就来了。"

我一个人坐在客厅的沙发上，环视了一下，发觉原先客厅里那些古董屏风酸枝木的太师椅统统不见了，偌大的客厅顿时感到空了一半。

"好极了，蜜糖，慢慢叫，慢慢叫。"

大伟搀着东尼从楼上走了下来，一步一步，互相扶持着蹭蹬步下楼梯，走两步，大伟口中便念念有词替东尼加油。楼梯口有一架轮椅，大伟把东尼安置在轮椅上推着向我走来。

"你看看,谁来了?"大伟指向我。

我马上迎过去,俯下身去拥抱东尼。

"胖爹爹——"我叫了一声。

东尼坐在轮椅上举起他一只胖嘟嘟肥厚的手掌在我头上脸上乱拍乱打一阵,又着实捏了我的腮两下,他激动得嘴里咿哩呜噜吐出一堆我听得不大清楚的话,他那双滚圆的大眼倏地涌出两行泪水来。大伟掏出手帕一边替东尼揩泪,一边替他解说道:

"东尼问你:你到底是人还是鬼啊?"

我紧紧握住东尼的胖手,求他原谅。东尼又是咿哩呜噜地喊了一顿,我发觉东尼的嘴巴歪了,左半边脸是僵木的,右边脸因为激动,他那胖胖的腮帮子一径在颤抖,他的左手臂弯曲了起来,手掌握着拳,手指伸不开了,胖嘟嘟白白的手掌好像一只肉馒头。他从前那一头乖乖贴在头顶的头发,竟也洒上了霜雪。东尼穿着一件花睡袍,坐在轮椅上,缩成一团,倒像个头发花白的老婴孩。

"别这样激动,蜜糖,"大伟抚慰东尼道,"今晚我们好好庆祝一下,庆祝罗又复活了,OK?"大伟转向我道:"东尼叫我把你绑起来,再也不让你逃走了!"

说着珍珠和百合两人走了进来,手上携带着几大盒烧好的菜,百合手上捧着个锡纸盆,里面盛着一只烤得焦黄油亮的大火鸡。两人见了我又是一阵哭叫。珍珠并没有什么改变,还是一头长发黑里带俏，百合却更加粗壮了，仍旧剃着个三分头，但右耳上却坠了一只闪亮的金耳环。她放下火鸡，过来跟我重重地握了一下手，然后在我膀子上捶了一下，说道：

"真的很高兴再见到你，罗。"

珍珠却依偎到我的怀里情不自禁地抽泣起来。

那天晚上的圣诞餐，我们一边吃，几个人左一句右一句总离不开 Tea for Two、Fairyland，好像大家都拼命想把从前那段日子拉回来似的，说几句，东尼便会咿哩呜噜插嘴进来，讲急了口涎会从他歪斜了的口角流下来，于是大伟便忙着替东尼揩嘴巴。

"珍珠，胖爹爹说，你记错了，Fairyland 并不是每天都有 Chateaubriand 这道菜，周末才有。"大伟替东尼纠正珍珠，"而且 F. O. 梅地笙教授最爱吃的是胖爹爹自己发明的熏鲑鱼松子炒饭，不是泰国菠萝饭，百合，你也记错了。"

"蜜糖，张开嘴，"大伟拈起一块小饼干涂上鹅肝酱，送到东尼口里，"这是罗特别带来送给你的。"

我坐在东尼右侧，他伸过他那只还能活动的右手过来抚摩了一下我的面颊，他那只胖嘟嘟的手掌传给我一阵暖乎乎的感觉，使我突然忆起，关在医院时，他那双温暖的胖手，是我跟外面世界唯一的接触。我再也忍不住，告诉了大伟和东尼，昨晚我曾去寻找过 Tea for Two，酒吧变成了面目全非的 End Up。

"那个垃圾堆！"大伟脸色一变恨恨地咒骂道。

东尼也跟着激动起来，右边脸颤抖着，拼出了一句：

"猪——窝——"

大伟说他和东尼两人原本是无论如何舍不得把 Tea for Two 卖掉的，但是到了后来，实在撑不下去了。

"你看，"大伟指向客厅那边，"我那些传家之宝都卖掉了！"

大伟摇摇头，唏嘘道：

"到了周末餐厅也只有两三桌，酒吧过了十二点，还剩下一两个醉鬼，我只好唱《某个奇妙的晚上》给自己听。"

大伟耸耸肩苦笑了一下，隔了半晌，他长长地叹了一口气，追悼似的对我说道：

"罗，你知道吗？你离开没有多久，这场瘟疫便开始了，纽约的'欢乐世界'好像突然停电，变成一片漆黑，从此再也没有见过光明——"

东尼在一旁发出了一连串声调悲切的语音。

"胖爹爹说：统统死光了。"大伟转述道，接着念出了一连串 Tea for Two 常客的名单，华尔街的股票经理、公园大道的名牙医、NYU 的 F.O. 梅地笙教授，大伟好像在宣读阵亡将士的名册一般。

"我们的老朋友米开兰基诺也不在了。"大伟转向我道。

"他也走了？"我脱口叫道，那座巍峨的肉山大导演竟也倒了下去。

"可怜的仔仔，伤心得像什么似的，自己都病倒了，全靠这两位天使在照顾他。"大伟指着珍珠和百合道。

东尼在旁边又发出几下悲音。

"都死了，东尼说，"大伟摊开两只手，"连金诺也走得这样匆忙。"

"我听说了。"我含糊应道。

"那位健美先生最后躺在床上只剩下几根骨头，像纳粹集中营里的饿殍。小费大概吓傻了，守在金诺床头话也讲不出来，金诺断了气，小费才拉住东尼的手怔怔地问道：'胖爹爹，我怎么办呢？'"

大伟摇头叹道，金诺的后事是东尼一手包办的，金诺下葬那天，东尼回家就中了风。

"胖爹爹太累、太伤心了。"

大伟怜惜地握了握东尼那只手指伸张不开的拳头。

我觉得我在爱荷华的玉米田中躲藏了五年，回到纽约，好像 Rip Van Winkle 下山，洞中方七日，世上已千年。发觉纽约整个变掉了，变成我完全不熟悉的陌生地，纽约的"欢乐世界"如同经过战争杀戮，变成尸横遍野的一片废墟。一时我们都沉默了下来，大家努力啃食盘中的火鸡。大伟把一只火鸡腿的肉都切了下来，递到东尼面前。酒过三巡后，珍珠把栗子蛋糕送了上来。大伟用调羹敲了几下酒杯,引起我们注意。

"孩子们,今晚我和你们胖爹爹有件大事要告诉你们——"

说着大伟伸手搂住了东尼的肩膀。

"过年以后,我和东尼将有远行。"大伟郑重宣布道。

"去哪里?"我们齐声问道,大家都好奇起来。

"上海,我们两人的出生地。这将是我们两人的寻根之旅,我和你们胖爹爹要去寻找我们生命的源头去,是吗,蜜糖?"

东尼歪着嘴直点头,大伟凑过去在他的胖腮帮上啄了一下。

"孩子们,我和你们胖爹爹全世界什么好玩的地方都玩过了,连非洲肯尼亚的野生动物园我们也去过,跟狮子老虎混了好几天——"

大伟略略顿了一下,他牵住东尼的右手,说道:

"那将是我们最后一站,去完上海,除了天堂,我们再也没有别的地方可去了。"

壁炉里摇曳的火光,反映在大伟和东尼的脸上,一张坑陷的瘦脸、一张变形的胖脸,两人相视微笑着。

我们都举起酒杯祝大伟和东尼旅途愉快。

"圣诞快乐!"大伟回敬道。

东尼也咿哩呜噜地拼出了一句:

"圣——诞——快——乐——"

我们一直望着大伟和东尼两人互相扶持着，一步一步走上了楼梯，两人转过身来向我们挥挥手道了晚安，我们才离开。珍珠和百合本来要开车送我一程，我婉谢了。我叫了一辆计程车，开到第五大道四十八街的交叉口，便停了下来。圣诞夜没有风，天上寒星点点，只是干冷。一条第五大道上，火树银花，两旁百货公司的橱窗都出奇制胜祭出各种精心设计的花灯来。路上行人早已绝迹，空荡荡的一条大道上，灯火通明，灿烂中却有一股说不出的冷清。我步行过两个街口，终于来到了峨然矗立在第五大道上的 St. Patrick 大教堂。

教堂里早挤满了人，圣诞夜的午夜弥撒已接近尾声，人们都在跪着礼祷，唱诗班的孩子展开了他们上达天听的天使童音，开始在歌唱《平安夜》了。我穿过人群，走到右边圣母坛的蜡烛台前，台上已点燃几百支人们祈福的蜡烛在耀耀发光，我点了一支插到台上去，那支蜡烛是我点给安弟的。接着我又点了一支，给安弟的母亲 Yvonne 叶吟秋女士，那年我和安弟曾答应陪她到 St. Patrick 来望午夜弥撒，可是终于未能成行。

回到纽约，重新开始，真是千头万绪，天天得看《纽约时报》的分类广告，找房子、找工作。一直忙到二月初，我搬进了九十九街近百老汇的一间老公寓，是一位波兰籍老人分租的一间房，所以便宜。高盛证券行一个临时空缺，我也一把抢走了，至少暂时解决了食宿问题。其间我和珍珠通过一次电话，她说大伟和东尼已经从上海回来，不过旅途太累，需要休息，她约我过一阵子去探望他们。二月十二日的晚上，我正在拟稿写我一生中最难下笔的一封信，向父母报平安，对他们告白，和盘托出我这几年的遭遇经过。这封信我磨到半夜还只起了一个头，突然珍珠打电话来，她的语调急切而严肃，只简短地说：

"罗，请你马上过来，到大爹爹胖爹爹家，他们有要紧事要交代你。"

外面在下大雪，我穿上大衣开车往大伟和东尼家，因为路滑，竟开了半个多钟头，珍珠和百合两人开门迎我进去，珍珠接过我卸下的大衣，有点神秘地悄声说道：

"大爹爹和胖爹爹在楼上，正在休息。"

她引我进客厅又加了一句：

"仔仔和小费也来了。"

客厅里的壁炉正在熊熊地燃烧着木柴，洋溢着一股松香。客厅一张长沙发上一端坐着一个人，我走近时看清楚两人的面目，大吃了一惊，要不是珍珠刚才提起，我绝对认不出那两个人竟会是仔仔和小费。仔仔坐在右边，他身上裹着一件厚厚的大衣，头上齐额套着一顶绒线帽，缩在沙发一角，室内温度很暖，仔仔似乎还在畏寒，他那张原来十分白净清秀的面庞上，凸起一块一块紫黑色的瘤肿，那双飞俏的桃花眼眼皮上竟长满了肉芽，两只眼眶好像溃疡了一般，仔仔的脸变成了一团可怖的烂肉。小费挤在沙发另一角，也裹得一身的衣服，他的头发全掉光了，原来一张棕色油亮的圆脸，削成了三角形，发暗发乌，本来溜溜转的大眼睛，呆滞在那里，不会动了。他们两人看见我同时挤出一抹笑容来，使得那两张变了形的脸更加丑怪，小费的两个酒窝，凹下去变成了两个黑洞。我在他们对面那张沙发坐了下来，不由自主地将头转向一方，避免看到那两张令人触目惊心的怪脸。百合过来递给我一杯热茶，在我身旁坐了下来。等到我们坐定以后，珍珠却端过一只银盘来，盘子里搁着一封信，珍珠对我们宣告道：

"大爹爹和胖爹爹两人服过药，现在他们两人已经安睡了。大爹爹指定要我念这封信，这封信是留给你们每个人的。"

说着珍珠便从盘子里拾起那封信，打开来，慎重地念道：

亲爱的孩子们，珍珠、百合、仔仔、小费，还有罗：

首先我要向你们报告我和你们胖爹爹这次到上海的寻根之旅。我对你们说过，我们是去寻找我们两人生命开始的源头。我们真的找到了！我们两人出生的那家法国天主教医院还在那里，现在变成了一所公家医院。医院的主楼大概还是从前的,是一幢法国式圆顶的建筑,虽然已经十分破旧,不过还看得出当年的气派。我扶着东尼走进去,两人就好像穿过时光隧道,进入了一座神话中的古堡一般。很难想象六十年前八月十六的那一天,我和你们胖爹爹双双同时来到这个世上,诞生在这座古堡式的法国医院里。我们去参观了医院里的育婴室,里面睡满了刚出世的娃娃,一个挨着一个,一共有好几排。我对东尼说:"说不定我们一出世就睡在一起了呢,可能你就睡在我的旁边,大概我那时已经迷恋上你那张可爱的胖屁屁了!"

上海又挤,又脏,连中国饭还不如纽约的好吃,可是我们偏爱这个城市,因为这是我们两人的出生地,我们对它有一份原始的感情。我终于找到我父亲从前开的那家餐厅"卡夫卡斯"了,现在变成了一家拥挤肮脏的公共食堂。我父亲告诉我从前那是一家十分高雅的西餐厅,侍者都穿着黄丝面马甲的,许多流落在上海的白俄贵族常常去吃饭喝酒,喝醉就高歌起来痛哭流涕。我们俄国人是个很容易动情的民族哩!

你们胖爹爹对上海的记忆比我更深了,他到了上海一直在奋亢的状态中,我还担心他过度兴奋,身体吃不消,谁知他精神格外好,不肯休息。他找到了从前的老家,从前念的小学,他连去过的戏院都记得,一家一家赶着要去看。就是有一件事麻烦,他常常要上厕所。我的上帝,上海的公厕脏得惊人哪！我与胖爹爹两人都给臭昏了，差点晕倒在厕所里，不过，感谢上天，我们总算活着回到了纽约。

亲爱的孩子们，虽然我们刚旅行回来，我和你们胖爹爹两人又将再次远行了。这次我们的去处不在这个地球上，这个地球我们早已跑遍，再也没有什么地方可以去。大爹爹、胖爹爹要暂时向你们告别，我们两人将要远行到另外一个世界里去了。这是我们两人去上海之前已经计划好了的，回来后立刻启程。因为我们没有太多的时间可以等待。我必须趁着我的身体还能撑得住的时候，带着东尼一块儿离开这里。

亲爱的孩子们，你们今天来送行，大爹爹和胖爹爹对你们有一个要求：你们绝对不许伤心，千万记住，一滴眼泪也不可以流。大爹爹和胖爹爹准备一同跳着踢跶舞一直跳上天堂去。你们一哭，我们心里难过，一打岔恐怕就上不了天堂了。相反的，你们来送行应当为我们高兴才对！你们瞧，我跟我亲爱的东尼同一天来到人间，在这个"欢乐世界"里共度过四十五个寒暑，今天我们两人竟能结伴一同离去，这是多么幸运的一件事啊！

三个月前，医生检查出来，我也"有了"，而且T细胞已经降到一百，医生预测顶多三个月至半年内便会发病。我没有预先告诉你们，就是要免去你们无谓的惊慌和担忧。这几年来，身边的朋友们一个个一群群被这场瘟疫吞噬掉，就好像一个巨大无比的恶魔突如其来从天降临到我们这个"欢乐世界",我们像一群惊恐的羔羊,措手不及四面盲目奔逃,但最后还是一个个、一群群被那个巨魔追赶上吸进血盆大口里。其实我心里早已做好准备,这一天终将来临。我唯一放不下心的是,万一我先走了,谁来替你们胖爹爹洗澡哩?

你们都知道你们胖爹爹是有洁癖的,天天要洗澡,而且洗完澡,还要我替他抹上一身香喷喷的爽身粉。有一点,你们不知道吧?其实你们胖爹爹是个很害羞的人,除了我,他是绝对不容许别人看到他那张美丽的胖屁屁的。我亲爱的东尼斩钉截铁地对我说:

"不行!你不能把我一个人抛弃在这里,要走我们一齐走!"

孩子们,我们不能等,我们不能等着那个巨魔来把我们吞噬掉。我和你们胖爹爹要先开溜了。就好像四十五年前那个夏夜一样,那个晚上,我和我亲爱的东尼两人从帐篷里溜出去,我牵着他那软软胖胖的手,两人蹦着跳着穿过那一大片野杉林,奔向湖边。我记得那晚有月光——你们胖爹爹却说只有星星,不管怎样,那一片湖水都照得闪闪发亮。那才是我和东尼两人的 Fairyland 哩!

孩子们,这次我们又要到另外一个世界去了,我相信那一定是个"欢乐天国"。孩子们,我们"欢乐族"升天后,在天国里不都变成"欢乐魂"了吗?那儿一定有许多先我们而去的老朋友，在那儿等待我们。说不定在"欢乐天国"里，我和东尼把我们的 Tea for Two 重新开张起来，等着你们来大家一同喝酒、唱歌、跳舞。

亲爱的仔仔，你一直是大爹爹、胖爹爹的心肝宝贝。你知道胖爹爹有多么疼惜你，他看见你受苦心都碎了。仔仔，别害怕，我们走了，有珍珠和百合两位天使照顾你的。我们在那边等你，我相信你的好朋友米开兰基诺一定也在那边等候你，别忘了，你是他最心爱的 Cho-Cho San 哩！

亲爱的小费，金诺也一定在那边等着你，恐怕已经等得不耐烦了。"欢乐天国"我猜一定也有健身房的，说不定比这里的还要讲究，你和金诺两人又可以天天去练肌肉了。

罗，我们还能对你说什么呢？我们最亲爱的安弟早已上了天国了。我们会告诉他，这几年你藏身在爱荷华的玉米田里幸运地躲过了这场浩劫，现在你安然无恙，要他放心。

最亲爱的珍珠与百合，你们两人的忠心耿耿，常常教大爹爹胖爹爹感动！这段艰难的日子如果没有你们全心全力的支持，我和你们胖爹爹绝没法存活下来。今晚的送别会请你们两人主持，珍珠知道我们珍藏的香槟酒在什么地方，都拿出来让大家享用吧。我特别叫"一番馆"送了各式各样的寿司、天妇罗，还有其他点心来。晚上你们守夜，一定会肚饿，尽情吃、尽情喝吧。我和东尼都要你们开开心心地把我们送走。

再会了，孩子们，我和我最亲爱的终身伴侣东尼我们两人要踢踢跶跶一同跳上"欢乐天国"去。

大伟与东尼

一九八六年二月十二日

　　珍珠念这封长信时声音一直控制得很好，念到最后两行才开始有点颤抖。我们都凝神屏息地聆听着，听完后，大家一阵肃静，端坐着不敢有所举动。

　　"先让我上楼去看看他们。"珍珠悄声说道。

　　珍珠到楼上不多时，走下来向我们庄重宣布道：

　　"大爹爹和胖爹爹已经走了，你们上去吧。"

　　我们几个人由珍珠领头排队走上了楼梯，珍珠打开大伟和东尼的卧房，我们鱼贯而入轻手轻脚走了进去。房中没有开灯，围着床却点满一圈白色的高蜡烛，房中墙上那扇扇镜子，互相辉映，好像整间房都浮动着闪烁摇曳的烛火似的。我们走近那张帝王型的红木床，看见大伟和东尼互相拥抱着睡在床上，两人都穿上了一式大红的绸睡衣，睡衣是新的，在烛光下发着红艳艳的光泽。东尼圆滚滚的身躯依偎在大伟怀里，他身后果然塞满了大大小小金线面绣满了花花叶叶的枕垫。两人大概睡得嫌热，把一张金面的鸭绒被也踢开了。东尼的头枕在大伟胸上，他歪着嘴，好像在酣睡似的，口涎流了出来，把大伟胸前沁湿了一大块。大伟伸着一只长臂把东尼紧紧搂住。珍珠从浴室里拿了一块面巾一把梳子出来，她用面巾把东尼嘴边的流涎及大伟额上的汗水揩拭干净,然后她替大伟和东尼把睡得凌乱的头发梳理好,梳成他们原来的样子。珍珠向百合示意了一下,两人一人掀起一角将那张金色大被轻轻盖到大伟和东尼的身上,只露出一对白发灿然的头颅,并排睡在一起。

我们回转楼下,进到客厅里,那张大理石的餐桌上早已摆满了各式各样的日本点心,有七八种寿司。不知怎的,看到这满桌的寿司,突然间我感到一阵腹中空空强烈的饥饿,抓起几团寿司,便狼吞虎咽起来。我发觉仔仔和小费也一样,好像急不待等地在啃嚼那些天妇罗和海鲜串烧。我们一边吃,一边不停地追忆,抢着讲大伟、东尼的趣事、糗事。很久没有调皮的仔仔突然站起来脱去了大衣,翘起屁股模仿东尼在 Fairyland 脚不沾地地走来走去,指手画脚地喊道:

"珍珠——百合——"

仔仔大概忘了他那张脸因瘤肿而变了形,学起东尼来,愈更丑怪滑稽。珍珠和百合两人刚刚端着香槟进来,看见仔仔学东尼学得惟妙惟肖,忍不住哈哈大笑起来。百合双手一手拎着两瓶香槟,珍珠手上捧着一只水晶盘,上面摆着五只酒杯,都是从前 Fairyland 那种郁金香形的高脚香槟杯。珍珠小心翼翼地把五只酒杯都斟满了香槟酒。我们各拿一杯,同时举起杯子向大伟东尼我们的大爹爹胖爹爹送行说再见。突然间,几乎同时我们一齐唱起 Tea for Two 来。愈唱我们的声音愈高昂，我看到珍珠的眼睛泪水开始涌现，百合的眼睛也在闪着泪光，仔仔烂掉了的眼眶泪水已经盈到边缘，小费那双呆滞的圆眼一直在眨巴，我感到自己的眼眶也是热辣辣的，可是我们一边唱一边却拼命强忍住，不让眼泪掉下来，生怕一掉泪，正在踢踢跶跶跳往"欢乐天国"的大伟和东尼会被我们拖累，跳不上去了。

《联合报》

二〇〇三年三月一至十九日

Silent Night

（这些年来，收容院接纳了一批又一批从各处流浪过来，身体心灵都印着伤痕累累的青少男孩。尤其每年到了圣诞夜，午夜弥撒过后，保罗神父便领着一两位教会志工助手，开了一辆旅行车，在曼哈顿的街头巷尾巡逻一遍……）

对面床上那个病人恐怕撑不了多久了。他露在白床单外面那双手枯瘦得像一对乌黑的鸟爪，手指蜷曲成一团，不停地在颤抖。病人的神智似乎一直是清醒的，隔不了一会儿，他便沉重地呻吟几声，大概吗啡的药力逐渐消退，疼痛难以忍受，于是紧守在床边的那个大男人便倏地从椅子上跳起来，伏下身去，握住病人那双鸟爪似的瘦手，低声喃喃叫道：

"宝贝，我在这里呢——"

那个巨灵般的中年大男人，总有六呎二三，虎背熊腰，庞然的身躯，两只巨掌又肥又厚，手背黑毛茸茸，倒真像一对熊掌。他那颗大头颅，剃得青光发亮，凑到病人耳边，唧唧哝哝吐出一连串安慰病人的温柔话语来。病人那张脸早已脱了形，剩下皮包骨，像骷髅，眼睛坑下去只见两个黑洞，可是偶然从黑洞里，却突然冒出两行眼泪来。于是大男人便赶紧从绷得紧紧的牛仔裤口袋里掏出一块红花布大手帕来，将病人的眼泪轻轻拭掉。

"哦，宝贝——"大男人充满了怜爱地叫道。

大男人叫乔舅（Geogio），年轻病人叫阿猛（Ah Mong）。乔舅是 Little Italy 一家披萨店的大厨师，阿猛是中国城"金麒麟"的跑堂，他是从越南逃难出来的"船民"，父母是广西过去的侨民。乔舅比阿猛要大二十岁，可是两人在一起也有七八年了。这些，都是前天下午乔舅在休息室里断断续续告诉余凡听的。其实在三〇三病房里，头两天余凡根本没有正式跟乔舅打过招呼，有一两次，他们两人进出病房，擦肩而过，余凡感觉到那个大男人似乎嘴皮颤动要开口跟他说话了，余凡赶忙胡乱点个头便匆匆闪掉。余凡不想跟乔舅有任何接触，其实除了医生护士，余凡在医院里尽量避免跟其他人打交道。他恨不得自己变成隐形人，进出医院，没有人看得见，因为他得小心，处处留神，不让任何人注意到他和保罗神父之间的特殊关系。他必须保护保罗神父，不让人知道他真正的身份。他送保罗神父住院时，替保罗神父填表，职业那一栏,他填下"保险业:大都会人寿保险"。那是余凡自己上班的公司,地址也写下自己在东格林威治村第十街的住所。保罗神父一发病,余凡便连夜把他从第八大道那间宿舍公寓悄悄运到曼哈顿南端的圣汶生医院来。在这里大概不会有人认出他们来。医院三楼是传染病房,西侧住的全是艾滋病患,闲人不会随便闯进来。

保罗神父一送进医院便开始进入昏迷状态,这倒省了余凡许多周章。每天余凡到医院来,只要坐在保罗神父的床边,静静地陪着他就行了。保罗神父胖大的身躯仰卧在床上,睡得很安详。余凡替他戴上一顶红色的绒线帽保暖,衬得他那张圆圆的脸更加慈眉善目了,像个圣诞老公公。今年东岸的寒流来得早,十二月初就开始下雪了。医院里暖气开得低,坐久了,余凡自己也感到背脊上凉飕飕的。幸亏保罗神父失去了知觉,脸上没有疼痛的扭曲,反而有时候保罗神父太安静了,余凡倒有点不安起来,他放下手上的报纸,站起身去,贴耳听听保罗神父的呼吸,听到他从嘴里发出来轻微的吐气声,他才放心坐下,继续阅报。翻完厚厚一叠 *Village Voice*,一个早晨大概也就过去了。除了值班的护士来查视,两只病床中间那道帘幕很少拉开。一帘相隔,把三〇三房中两个病人的世界,分成两半。

直到前天下午,余凡感到特别疲倦,坐在椅子上,一直想打盹。他离开病房,走到三楼休息室去,那儿供应免费咖啡，余凡想喝杯咖啡提提神。休息室里余凡瞥见乔舅独自一个人坐在那儿，双手抱着头，手肘撑在桌面上，似乎在沉思。余凡本想绕过乔舅身后，倒杯咖啡，便悄悄离开，不去打扰他。可是当余凡走近乔舅背后时，竟发觉原来那个巨灵男人在低声啜泣，他那庞大的身躯高耸的双肩正在上下微微地抽搐着，大概他在极力压制自己，呜呜的哽咽声卡在喉里，发不出来。余凡站在那个大男人的身后，忍不住伸出手去，轻轻按在他的肩上。大男人抬起头来，他那满腮胡渣宽阔的脸上，泪水纵横，双眼已经哭红了。

"医生说，就是这一两天的事了，要我开始准备——"那个大男人抽泣地说道。

接着那个大男人便把余凡拉到身边的椅子上，开始几乎语无伦次地向余凡诉说起他跟他的"宝贝"阿猛的故事来。他的英语有着浓重的意大利口音，余凡只能听懂七八分。

阿猛全家人从越南搭船逃出来，半途遇到菲律宾海盗船，爸爸妈妈两个哥哥全部杀光，只剩下阿猛一个人身上挨戳了十几刀，居然没死，存活下来。乔舅第一次见到阿猛，阿猛十七岁，瘦得像只饿瘪肚皮的癞毛狗，眨巴着两只大眼睛，好像随时会掉下泪水来似的。阿猛在中国城街头替人擦皮鞋，是乔舅，是他把阿猛带回家的。天天晚上他偷偷运走一盒他亲手做的披萨回去给阿猛吃，腊肠、肉丸、火腿，都是双倍加料的呢，热乎乎的披萨吃得阿猛满嘴的油，就这样，他的"宝贝"才被他喂得长满了一身的肉。

"阿猛是个好孩子，他是我的宝贝，我的命根子——"那个大男人深情地叫道，"阿猛可怜呵，那个孩子经常做噩梦，半夜里吓得尖叫，他总梦到那些海盗在追杀他。我想他是因害怕才去打毒的，他跟那些'越青帮'混在一起，他是害怕，在逃避呢！"

大男人乔舅一边说一边用他毛茸茸的手背抹去淌下来的鼻涕，余凡赶快起身去把咖啡壶旁边的一叠卫生纸拿过来递给乔舅。

"啊，谢谢。"

大男人乔舅感激地说道，拿起纸巾狠狠地擤了一把鼻涕。他还要继续讲他跟他的"宝贝"阿猛的故事，却进来两个护士，把他的话打断了。

阿猛到底未能撑过夜，第二天早晨，余凡回到医院，走进三〇三，看见阿猛那铺床已经空掉，连床单也换了新的。那个大男人乔舅没有再回来过。没多久，三〇三又住进了一个新病人，是个面上长满了毒瘤的拉丁裔，一张脸好像一球紫色的椰菜花。

保罗神父在医院里昏迷中拖过了十二天，本来医生判断最多只有一个星期，因此余凡有相当充裕的时间替保罗神父准备后事。他在离医院不远的第十八街上找到一家叫"洛克之家"的殡仪馆，并且还替保罗神父挑好骨灰匣，是古铜打制成的一册厚书形状的匣子。余凡告诉殡仪馆的主事,火葬前不举行告别式,只有他一人在殡仪馆小教堂里守灵片刻。

火葬那天,余凡在"洛克之家"的小教堂里伴着保罗神父的遗体守了一个下午。他跪在保罗神父的棺柩前,默默诵经,他手上握着一串念珠,念诵一遍便数一粒,一串一百六十五粒念珠数完,冬日的太阳已经偏斜了,从小教堂的天窗冉冉透射进来。那串长长的念珠,是保罗神父的遗物,年代久了,琥珀色的珠子磨出温润的光泽来。保罗神父那晚发病,余凡匆匆把他运送到医院,别的都没来得及拿,却把这串念珠给带了出来。余凡诵完经,把那串念珠仍旧挂到保罗神父的胸前。保罗神父躺在棺柩里,化妆过了,头上几绺银丝也梳得妥妥帖帖,闭着眼睛,好像在沉沉酣睡似的。

盖棺前,余凡把自己脖子上戴着那条十字项链卸了下来,擎着那枚赤铜十字贴到保罗神父唇上亲了一下,才把棺柩盖上。那条十字项链是保罗神父送给他的。他戴了十年,一天也没离开过,那条十字项链已经变成了余凡的护身符,戴上那条十字项链,余凡才感到安全,好像真的有神灵在佑护着他似的。

十年前,余凡才十六岁,在曼哈顿的街头已经流浪一年多了,什么事都经历过:偷窃、贩毒、卖淫,他常常饿着肚皮去捡垃圾箱的残食来果腹。一个风雪交加的夜里,正是个圣诞节的前夕,余凡终于支撑不住,他发了四十度的高烧,晕倒在中央公园外边近六十六街的雪地上。是保罗神父把他救走的，将他安置在"圣方济收容院"里。这所收容院是保罗神父创办的，在四十二街邻近第八大道，时报广场红灯区的边缘上，专门收容离家出走的青少年，所以又叫"四十二街收容院"。那本是一座废仓库改建的，就在圣方济教堂旁边。

据说也是在一个大风雪的圣诞夜里，保罗神父主持完午夜弥撒，正要关上教堂时，他突然发现教堂一角还有一群孩子躲在那里，没有离去。那群孩子一共四个，都是十五六岁的男孩，身上穿着破烂的单衣，一个个冻得面色发青，直打哆嗦。两个白孩子，一个黑孩子，一个拉丁裔，全都是逃离家庭的小流浪汉，在那个天寒地冻的圣诞夜，无处可去，溜进教堂来取暖。保罗神父把他们留了下来，他认为那是上帝把这群孩子，在那大风雪的夜里，送来交到他手上，要他照顾的。从那次起，保罗神父便发下愿创办这所"四十二街收容院"了。这些年来，收容院接纳了一批又一批从各处流浪过来，身体心灵都印着伤痕累累的青少男孩。尤其每年到了圣诞夜，午夜弥撒过后，保罗神父便领着一两位教会志工助手，开了一辆旅行车，在曼哈顿的街头巷尾巡逻一遍。每次总会遇见几个深夜里走投无路的青少年，在绝境中等待保罗神父伸出他援助的手。那晚余凡如果没有遇见保罗神父，他一定会僵毙在大雪夜里，是保罗神父救了他一命。

余凡昏睡了足足两个昼夜才醒过来，他看见保罗神父坐在床沿上，满脸笑容温煦，注视着他。保罗神父穿了一袭黑袍子，白领圈浆得笔挺，他胸前悬着一挂琥珀色的念珠，颈上戴着那串赤铜十字项链。他的身型胖胖的，皮肤红润光滑，花白的头发一大片覆过他的额头，使他看起来有一份老年的稚气。他有着一副慈祥的面容，一双极温柔的大眼睛，余凡觉得保罗神父周身都在透着幽幽的一股暖意。

"你的烧退了。"保罗神父说道，他伸手去试了试余凡的额头，他的手掌又厚又软，"你睡了这么久，一定饿坏了。"保罗神父把余凡扶着坐起来，递给他一只保暖杯，里面盛着热牛奶，保罗神父看见余凡一口气差不多把一杯牛奶咕嘟咕嘟喝尽，笑着抚摸了一下他的头说道："慢慢喝。"说着他转身出去提了一桶温水，挟着一只药箱回来，肩上搭了一条毛巾。

"你的脚肿得不像话，再不搽药，要烂掉了！"

保罗神父教余凡把双足泡到温水里，余凡两只脚长满了冻疮，肿得红通通的，有一两处已经出现裂口了。余凡泡了一会脚，保罗神父又蹲下身去，用毛巾替余凡把双足揩干，从药箱里掏出一管消炎膏，把药膏挤到余凡红得发紫的脚背上，用一枝棉花棒慢慢涂匀，然后才用纱布包扎起来。"我当过看护的呢！"保罗神父仰头朝余凡笑道，他那一双胖手十分灵巧，两下便包扎妥当了。

"好了，小伙子，你可以下床走路了。"保罗神父胖大的身子努力地撑了起来,喘了一口气,拍拍余凡的肩膀笑道。

"Father——"

余凡嗫嚅叫道,他想对保罗神父说声谢谢,可是却哽住了,说不出来,他仰望着保罗神父,嘴唇一直在发抖。保罗神父默默地凝视着他,半晌,他突然从自己颈上卸下那束赤铜十字项链,戴到余凡的脖子上。

"上帝保佑你,"保罗神父低声说道,"教堂那边,孩子们还在等着我呢,我要过去给他们望弥撒了。"

保罗神父离开那间仓库宿舍时,回头向余凡招了招手笑道:

"Merry Christmas!"

余凡活了十六岁,从来没有人这样温柔地对待过他。余凡是个私生子,跟着母亲在曼哈顿中国城长大的。他母亲是香港人,偷渡入境美国的,躲在中国城的餐馆里,打了一辈子的工。余凡从母姓,他从不知道自己的父亲是什么人,问起他母亲的时候,他母亲就会白他一眼,恨恨地说道:"死了!早就死了!"他母亲跟过一连串的男人:跑堂的、送货的、打杂的。有时男人养她,有时她养男人。她还跟过一个白人警察,每个男人在余凡身上都留下过一道伤痕。他头顶有一道缝过十几针的疤,是那个壮汉警察喝醉酒一根警棍把余凡的头打开了花,而且还把他奸掉,那年余凡十三岁。后来他母亲总算嫁了一个"顺利园"的大厨,香港来的大师傅手艺高,但也是一个火爆脾气的凶神恶煞,一个潮州佬。余凡跟着母亲蹲在厨房剥虾壳，大师傅使唤，余凡应声慢一点，一个巴掌便掀过来了。有时打急了余凡还手，大师傅便会举起一把明晃晃的菜刀将余凡从厨房后面追杀到大街上去。余凡十五岁，母亲病亡，他便乘机逃离那个恶煞厨师，开始到街上流浪。

　　余凡从小就对Father这个字特别敏感，平常无论在什么地方，看到或者听到这个字，他都感到特别刺心。先前他脱口叫了保罗神父一声：Father——自己也吃了一惊，这是他生平第一次大声念出这个字来。自从那一刻起，他对保罗神父便产生了一种莫名的依恋。他在"四十二街收容院"里待了两个多月，在那段日子里，每天进进出出他都紧跟着保罗神父，一步都不愿意离开。收容院里同时收容了二十个青少年，那间仓库房子勉强容得下十张上下铺的铁床。保罗神父领着几个志工从早到晚都在忙着照顾那一群离家的小流浪汉，替他们解决问题，安排出路。余凡跟着保罗神父替他打杂，保罗神父支使他做这样做那样，余凡满心喜欢，做得起劲，他愿意替保罗神父卖命，做他的小跟班。晚上保罗神父带领他们在隔壁教堂里做晚课，大家跟着保罗神父诵经，保罗神父念一句，余凡也跟着他念一句。余凡不信教，也没有进过教堂。中国城浸信会的牧师娘星期天来拉他母亲上教堂，他第一个借故开溜。是保罗神父那温柔吟唱般的诵经声音，感动了他的心灵，让他有一种皈依的冲动。对余凡来说，四十二街那间简陋的仓库收容院，是他第一个真正的家，是他精神依托的所在。后来保罗神父把余凡送到了圣约瑟书院去念书，而且还替他申请了三年的奖学金。可是每逢星期天，余凡一大早就会老远从布鲁克林坐一个钟头地铁回到曼哈顿"四十二街收容院"来，赶上保罗神父周日八点钟的弥撒，然后领圣体，向保罗神父告解。回到那间仓库收容院，余凡才有回家的感觉。

余凡毕业后出来做事，在大都会保险公司找到一份助理工作，他便正式加入了保罗神父手下的志工团，团里有八十高龄的家庭医生，老太太心理咨询师，一对退休的男护士，还有煮大锅饭的大厨师，形形色色的人物都有，也有像余凡这样受过收容院栽培又回来当志工的——都是受了保罗神父的感召，来收容院帮忙照顾那些进进出出的年轻流浪汉。那一批又一批十几岁逃离家庭的少男，有的沦落为妓，在时报广场边缘第八大道的红灯区徘徊彷徨，直到他们被皮条客殴打成伤，性命受到威胁，才逃到收容院来。有的吸毒，被警察抓走，出狱后无处可去，转送到收容院，投靠保罗神父。"四十二街收容院"变成红灯区的庇护所。那群漂鸟般的青少年，来来去去，有的出去了又转回头，因为毒瘾又发了，有的回到时报红灯区，继续卖他们的肉身，直到染上了艾滋病，跟跟跄跄回来，向保罗神父求救。看护这批患了艾滋的孩子，保罗神父费了最大的力量和心血，有几个他照顾他们，抱上抱下，直到最后，替他们送终安葬。

保罗神父走了,余凡无法再回去"四十二街收容院"。在这个圣诞夜里,余凡突然觉得无家可归起来……

年复一年,"四十二街收容院"渐渐出了名,*Village Voice* 登出保罗神父跟他那一群小流浪汉的照片,称他为"红灯区的救世主"。来投靠"四十二街收容院"的青少年愈来愈多,保罗神父肩上的担子愈来愈重,往往他写信要写到天亮,写给那些捐款人,告诉他们每一个无家可归小流浪汉的故事,保罗神父那些信感动了所有的捐款人,许多都成为了长期的赞助者,有两个连身后的遗产都捐给了"四十二街收容院"。可是余凡看着保罗神父逐年衰老下去,他那胖胖的身躯,行走起来,脚步愈来愈沉重。直到他发病的前两个星期,一个初冬的黄昏,天气已经萧瑟,有了寒意,余凡到四十二街收容院去,在教堂里,寻到保罗神父,他看见保罗神父一个人,跪在圣坛前面,在默默祈祷。余凡坐在最后一排椅子上,悄悄等候着。焦黄的夕阳从左边的玻璃窗斜射进来,有一束晕淡的阳光落在保罗神父的黑袍上,好像蒙了一层尘埃似的,使他那匍伏的身影显得分外孤独。余凡等候保罗神父祈祷完毕,才迎上前去,拥抱了他一下。

"Father——"

余凡轻轻叫了一声,保罗神父看到他,依然展开他那惯有温煦的笑容,可是不知怎的,他从保罗神父那双温柔的大眼睛中感到一股深沉而巨大的哀伤,那是他这些年来,从来未有触及到的。保罗神父一脸倦容,神情憔悴,好像一下子苍老了许多。他引着余凡蹒跚地往外走去,走到一半,他突然回过头来对余凡说:

"阿凡,我们坐下来,我想跟你谈谈。"

保罗神父打量了余凡一下,轻轻拍拍他的手背。

"我很为你高兴,阿凡,你走到今天很不容易,"保罗神父望着余凡点头说道,接着他长叹了一口气,"我希望我那些孩子个个都像你这样就好了,可是他们好些又跑回到街上去了,我想到那些孩子们一个个在寒夜里抖瑟瑟地立在街头,我就难过,好像是我把他们遗弃掉了似的——"

保罗神父自责道,余凡赶忙安慰他:

"可是你也救回不少孩子啊!"

保罗神父摇摇头说道:

"那是靠上帝的力量。"

"我想那是上帝要你这样做的。"余凡坚持道。

"可是我没有做好——"保罗神父沉痛地说道,"我辜负所托了!"

余凡看到保罗神父的眼眶竟溢出泪水来了。

"Father——"余凡喃喃叫道。

"我常常祷告,求主引导我,让我不要迷途,可是有时候,我竟找不着方向,好像沉埋在深深的黑夜里,完全迷失掉了——"

保罗神父吁了一口气，沉默片刻，然后几乎自言自语地颤声说道：

"也许我太爱他们了，我那些孩子们。"

余凡办理完保罗神父的后事，他把那座古铜骨灰匣捧回他第十街地下室公寓去，搁在壁炉上端的架子上。他吞了两粒镇静剂，蒙头大睡了一天一夜，第二天一早便赶回去大都会销假上班。他的顶头上司涂玛丽是从香港来的一位胖太太，因为余凡也会说广东话，平常涂玛丽很照顾他，但这天一看见他进办公室便把一大叠文件摔在他桌上，指着他警告道：

"你今天再不来，我就要炒你的鱿鱼了！今天最后一天，明天就放圣诞假啦！"

余凡请了一个星期的病假，又延了五天，圣诞节到了，累积了一大堆申请表格，等着余凡去处理。这家大都会在百老汇大道上，离中国城不远，顾客有不少亚洲人，香港、台湾、中国大陆来的移民，越南、柬埔寨的难民，所以公司也聘用了大批亚裔职员。坐在余凡左右手桌子，是两个从新加坡、马来西亚来的女职员 Vicky 和 Kitty，三十多岁的单身女，都比余凡大，因为见他害羞，喜欢捉弄他。余凡一坐下来，两人便左右开弓审问他起来：这几天失踪躲到哪里去了？干了什么勾当？余凡左闪右闪，支吾以对。Vicky 和 Kitty 追问了一阵，不得要领，有点不耐烦起来。

"阿凡一定跟人私奔去了！" Vicky 嘿嘿笑道。

"我晓得了！"Kitty 应声叫道，"阿凡跟 Amanda 幽会偷情去了！"

说完，Kitty 和 Vicky 同时笑得前俯后仰。Amanda 是个从巴西来的大肉弹，她自称只要她手指勾一下，公司里的男职员都会向她飞扑过去。她看见余凡就要搂住他亲嘴，只有余凡会躲她，她发誓总有一天她要把余凡弄到床上去。那个星期恰巧 Amanda 也休假，Kitty 故意把她和余凡扯在一起。余凡涨红了脸，不理会两个女同事的促狭，埋着头在处理堆满了一桌子的文件。办公室里酝酿着一股放假前的焦躁，同事们纷纷提前下班。Vicky 和 Kitty 同时急急忙忙穿上大衣，一齐尖叫着 Merry Christmas 呼啸离去。胖太太涂玛丽守到五点才走，她看见余凡还在埋头苦干，便走过来拍拍他的肩笑道：

"赶不完，算了。阿凡，回家过圣诞吧。"

"不要紧，"余凡微笑应道，"我弄完这一叠再走。"

余凡一直工作到九点多，办公室只剩下他一个人了。他穿上那件带着兜帽海军蓝的粗呢大楼，围上了一条绛红的围巾。外面一阵阵又在飘雪了，百老汇上的商店饭馆都已经打烊，橱窗的圣诞灯饰还在亮着，在雪花飘摇中恍惚闪烁。迎面一阵寒风吹来，像刀劈一般，余凡赶忙兜上帽子，双手插进口袋，匆匆往 Little Italy 走去，他整天没吃东西，饿得头有点发晕。Little Italy 有几家披萨店还开着，余凡买两块什锦披萨,站在店面口便狼吞虎咽起来。吃完披萨,余凡看看表,十点钟。他望着满街的风雪,一时茫茫然,不知何去何从。往年圣诞夜,余凡一定会回到"四十二街收容院",跟院里的青少年一同参加保罗神父主持的午夜弥撒。有几次,望完午夜弥撒,保罗神父带着他开了教堂那部旧旅行车,在曼哈顿的大街小巷巡逻一番,带回几个在寒夜里彷徨街头的流浪孩子,在平安夜里,给他们一所暂栖的归宿,就如同余凡自己在那个风雪夜里,被保罗神父救回来一般。保罗神父走了,余凡无法再回去"四十二街收容院"。在这个圣诞夜里,余凡突然觉得无家可归起来。

街上已经没有什么行人了,只有格林威治村那一带的酒吧间,还有一些钻进钻出的人影。余凡走到第八街,进到 Rendezvous 里,这是一家多种族的欢乐吧,亚裔的欢乐族占了不少成分。这家欢乐吧离余凡上班的地方并不远,下了班,余凡一个人偶然会逛到这里来买醉。平时周末,这家酒吧挤得人贴人。但圣诞夜,人们多半回家过节或去参加派对了,酒吧空荡荡的,只有吧台上坐了一排客人,有几个年轻的,像是东南亚人,大概是从越南泰国来的,中间坐了一个五十多岁的胖大白人,头上罩着一个金光闪闪的高纸帽,正在跟那几个亚裔年轻男人打情骂俏。余凡走到吧台边,向调酒师点了一杯双料马丁尼,便蹭到酒吧一角去,那里烧着一盆熊熊的大火炉。在风雪中彳亍了几条街,一身都冻僵了。余凡坐在火炉边，啜着马丁尼，一边取暖，酒吧的音乐箱一直在重复播放平·克罗斯贝的《银色圣诞》。一个面上贴着几颗金星的拉丁族小跑堂跑过来向余凡献殷勤，余凡又点了一杯双料马丁尼，而且还重重赏了拾元小费，小跑堂乐得露出了一口白牙来，说道：

"你真甜，先生，上帝保佑你！"

两杯双料马丁尼下肚，酒精开始在余凡体内慢慢散开，炉内的火焰飙起两三尺高，余凡的额头有点沁汗了，他把粗呢大围巾都卸掉，对着跳跃的炉火出起神来。余凡感到身后里突然有一只大手掌压在他的肩上。

"乔舅！"余凡抬头惊叫道。

那个巨灵般的大男人矗立在余凡身后，满脸微笑望着余凡，他一身裹着厚重的衣服，头上却戴了一顶圣诞老人的红帽子，帽子尖顶一团绒球甩来甩去。余凡拉着乔舅坐下来，然后招呼那个小跑堂的过来，他问乔舅道：

"你要喝什么？我请你，我在喝马丁尼。"

"那我也要杯马丁尼吧，"乔舅有点受宠若惊。

余凡向小跑堂的点了两杯马丁尼。

"用双料的。"他又加了一句。

小跑堂的端了两杯马丁尼来，余凡又加给他拾块钱小费，那个拉丁小伙子乐得咧开嘴连声道谢。

"Merry Christmas！"余凡举杯敬乔舅。

"Merry Christmas！"乔舅举杯应道。

"真没想到今天晚上能在这里遇到你！"余凡兴奋地说道。

"其实我们常到这里来的，"乔舅说道，"我是说从前我和阿猛两个人。"乔舅那张宽阔的脸上露出了一抹哀戚。

"乔舅，在这个圣诞夜，我又遇到你，我相信一定是上帝的安排。"

余凡认真地说，他见到这个巨灵般的大男人，顿时好像遇到亲人一般。虽然他和乔舅在医院里只相处过几天，可是他们在三○三病房的生死场里共同经过一场浩劫，一齐共过患难，有一种特殊的关联。余凡害羞，沉默寡言，小时候他母亲那些男人对他粗暴，他便把嘴紧闭起来，一声也不吭，沉默对抗。一直到他遇到保罗神父，他才找到一个可以吐露心事的人，他常常去找保罗神父告解，把他从小到大的委屈隐痛都向保罗神父倾诉。保罗神父走了，余凡感到好像一下子喉咙喑哑掉了，发不出声，许多话埋在心里，胸口上好像压了一块铁板一般沉重。他看到乔舅，突然间他有一种向这个大男人"告解"的冲动，把隐藏在心里的话都抖出来。乔舅是唯一一个看到他和保罗神父最后在一起的人。

酒过三巡，双料马丁尼开始发威了，余凡的口齿都有些不清起来，他把他和保罗神父的故事原原本本告诉乔舅听，从十年前那个下着大雪的圣诞夜讲起。

"乔舅——"讲到激动处余凡伸出手去紧执住乔舅的巨掌,"那晚我去找保罗神父,第二天我就要离开收容院,到布鲁克林圣约瑟书院去念书去了。我走到他公寓的房间,要去跟他道别,感谢他救我一命。我见到他时,只叫出一声'Father——'便扑倒在地上抱住他的双腿号啕痛哭起来。你相信吗?乔舅,那是我十六岁第一次哭出声音哭出眼泪来。我母亲那个警察男人把我的头打开了花,我也没有掉过一滴泪水。保罗神父把我抱起来,我拼命往他怀里钻,我蜷卧在他胸怀里,躺了一夜,我感觉到他身体的温暖——那是人间的温暖。那是我一生中感到最幸福的一刻,我真的觉得好像得到了上帝的福佑——"

余凡把手中剩下半杯的马丁尼一饮而尽,深深地吁了一口气。乔舅又叫了一轮酒,两人举杯饮了一大口。

"乔舅,"余凡醉眼惺忪,向乔舅压低声音说道,"我得保护保罗神父,对吗,乔舅?我不能让他受到伤害,我在布鲁克林很远很远的地方一个黑人区的天主教墓园,我打算将保罗神父的骨灰护送到那里下葬,他在那里安息会很安全。"

"乔舅,"余凡有点哽住了,"他把他的生命都给了他那些孩子——他太爱他的孩子们了。可是教堂里那些人不会懂他的,我得保护他,对吗?我每天晚上在替保罗神父祈祷,我想上帝会原谅他的——"

余凡说着身子倾斜过来,头跌靠在乔舅宽厚的肩膀上。

"上帝会原谅他的,对吗?"余凡醉语喃喃地说道,跳跃的炉火映得他一脸鲜红,额上冒出汗珠来。

乔舅似懂非懂地点着头,他搂住余凡的肩,在他耳边温柔地说道:

"我们回家去吧,酒吧要关门了。"

那个拉丁裔的小跑堂刚刚宣布最后一轮,酒吧里只剩下余凡和乔舅两个人。乔舅一把将余凡举立起来,替他穿上大衣,围好围巾,把他一只手臂环绕在自己脖子上,趔趔趄趄,两人互相扶持着走出了 Rendezvous。外面落雪暂停了下来,格林威治村的街道上都铺满了一层两三寸厚的白雪。乔舅搀扶着余凡,在松松的雪地上,一步一脚印地蹭蹬往前。他那辆破旧的雪弗兰小货车停在第八街和第五大道的转角处,当他们走近停车处时,从华盛顿广场那边迎来一队报佳音的少年唱诗班,有十几位少男,各种族裔都有,戴着红的、白的、绿的绒线帽,罩着白袍子,由一位教士领队,在那一片洁白的广场上,一齐反复在诵唱着 Silent Night:

Silent Night, Holy Night,

All is calm, All is bright——

孩子们天使般纯真的声音,在那冷冽的夜空里,像一阵雪花,飘洒在格林威治村的大街小巷上。乔舅扶着余凡在车边伫立了片刻,等了那队唱诗班的孩子走远了,才打开车门将余凡扶上车,替他系好安全带,自己上车发动引擎。

乔舅住在 Little Italy 附近一间四层楼的旧公寓里，公寓没有电梯。余凡早已醉得昏睡不醒，他把余凡背到背上，从一楼一级一级爬到四楼。进去公寓后，乔舅把余凡卧放在一张长沙发上，拿了一只坐垫搁在余凡头下。乔舅这间简陋的旧公寓是用水汀取暖的，大雪夜屋内还是寒气逼人。乔舅走到厨房里捧出一捆木柴，一叠旧纸，到客厅壁炉，将木柴架好，点燃报纸，将炉火生起。正当乔舅蹲着他那硕大的身子在忙着搧火的时候，他突然听见哇的一声，余凡大吐起来。乔舅赶过去，他看见余凡吐得一身，沙发上、地毯上也溅满了酒吐。余凡不停地作呕，好像肝肠都要吐出来了似的，酒吐的恶臭熏满一屋子。乔舅也不避脏，他把余凡抱到浴室内，将他的脏衣服卸掉，用一块湿毛巾把余凡脸上颈上的酒污都揩拭干净。然后那个巨灵般的大男人，一双巨掌捧着余凡瘦弱的身体，小心翼翼地抱进卧房里去。他从柜子里拿出一件阿猛从前常穿的睡袍来，帮余凡穿上，然后把他安放到床上，替他盖好被窝。余凡醉得厉害，神智一直在昏迷中，一上床便睡了过去。

乔舅踅返客厅，壁炉的柴火冒起来了，屋子里开始暖意融融起来。他去打了一桶水，找了抹布和清洁剂把沙发和地毯上的秽物着力清洗干净。然后自己也换上睡衣，盥洗了一番，把半夜冒出来的胡须渣也剃刮干净，才回房间去。他在余凡身边躺了下来，按熄了灯。在黑暗中，他听得到余凡酒后浓重的呼吸声,他也感觉到余凡在被窝里睡暖了的身体。这些日子,阿猛走了以后,每天晚上,上床一刻,是乔舅最难过的时候。这张特大号的古旧木床,是乔舅和阿猛在Soho一家卖旧家具店里看中买回来的。阿猛不在了,乔舅一个人睡在这张空空的大床上,总觉得太过孤单,有几夜翻来覆去都难以成眠。没想到,在这个平安夜里,竟有一个年轻男人,躺在他身边,伴着他。乔舅心里渐安静下来。蒙眬间,他习惯地伸出手臂,轻轻搂住了余凡的身子。

《上海文学》
二〇一六年第一期

初版后记

一九六三年二月我初到美国第一个落脚的大城市便是纽约，因为几位哥哥姊姊都住在纽约附近。六三、六四年的夏天，我在纽约度过两个暑假。我一个人在曼哈顿的六十九街上租了一间公寓，除了到哥伦比亚大学去上暑期班外，也在双日出版公司（Double Day）做点校对工作，校对《醒世姻缘》的英译稿，其余的时间，便在曼哈顿上四处游荡，踏遍大街小巷，第五大道从头走到尾。纽约曼哈顿像棋盘街似的街道，最有意思的是，每条街道个性分明，文化各殊，跨一条街，有时连居民的人种也变掉了，倏地由白转黑，由黄转棕。纽约是一个道道地地的移民大都会，全世界各色人等都汇聚于此，羼杂在这个人种大熔炉内，很容易便消失了自我，因为纽约是一个无限大、无限深，是一个太上无情的大千世界，个人的悲欢离合，飘浮其中，如沧海一粟，翻转便被淹没了。

六三、六四那两年夏天，我心中搜集了许多幅纽约风情画，这些画片又慢慢转成了一系列的"纽约故事"，开头的几篇如《上摩天楼去》等并没有一个中心主题，直到六五年的一个春天，我在爱荷华河畔公园里一张桌子上，开始撰写《谪仙记》，其时春意乍暖，爱荷华河中的冰块消融，澌澌而下，枝头芽叶初露新绿，万物欣欣复苏之际，而我写的却是一则女主角飘流到威尼斯投水自尽的悲怆故事。当时我把这篇小说定为"纽约客"系列的首篇，并引了陈子昂《登幽州台歌》作为题跋，大概我觉得李彤最后的孤绝之感，有"天地之悠悠"那样深远吧。接着又写《谪仙怨》，其实同时我也在进行"台北人"系列，把时间及注意力都转到那个集子去了，于是《纽约客》一拖便是数十年，中间偶尔冒出一两篇，可是悠悠忽忽已跨过了一个世纪，"纽约"在我心中渐渐退隐成一个遥远的"魔都"，城门大敞，还在无条件接纳一些络绎不绝的飘荡灵魂。

我的出版人为等待出版这个集子恐怕头发都快等白了，目下只有六篇，也只好先行结集。

二〇〇七年七月五日

附录

从国族立场到世界主义

刘 俊

在白先勇的小说世界中,有几个城市给读者留下了深刻印象,它们是桂林、上海、南京、台北、芝加哥和纽约。从这些城市的位置分布不难看出,白先勇小说所覆盖的地理空间涵盖了太平洋两岸的中国和美国,而作品中的人物也在从一个城市到另一个城市的迁徙中,渐行渐远,从中国大陆经由台湾远走北美。于是,分属于中国大陆、台湾和美国的这些城市,不但成为白先勇小说人物活动的场景,而且在这些城市的转换间,也隐含着一条这些人物"行走"的历史轨迹。

在已经成为二十世纪华文文学经典的《台北人》中,白先勇塑造了众多从大陆来到台湾的"台北人"形象,在从桂林、上海、南京到台北的空间转换中,这些身在台北的"台北人"挥之不去的却是桂林记忆、上海记忆和南京记忆,某种意义上讲,正是这种"身移"而"心不转"的错位,身在台北却对桂林、上海和南京难以忘怀，导致了这些"台北人"的心灵痛苦和精神悲剧。

《台北人》中的城市更迭，源自国共两党此消彼长所引发的中国社会的乾坤旋转，不管小说中的人物怎么"行走"，这些城市毕竟还在中国的版图之内，人物虽然在大陆的"前世"和台北的"今生"之间摆荡撕扯，到底也还是中国人自己的事。到了《纽约客》，情形发生了较大的变化，不但人物从中国跨到了美国，而且城市也从台北转到了纽约，人和城都出了中国的疆界。假使说《台北人》重在写台北的大陆人的故事，那么《纽约客》则以纽约的"世界人"为描写对象——这里所谓的"世界人"既指中国人到了国外成了"世界"公民，同时也是指包含了非中国人的外国人。

《纽约客》是白先勇在六十年代就已着手创作的小说系列，《纽约客》之名或许借自美国著名文学杂志 New Yorker，却与《台北人》正好成为一个浑成的佳对。从收录在《纽约客》这个集子中的六篇小说来看，《谪仙记》和《谪仙怨》写于二十世纪六十年代，《夜曲》和《骨灰》发表在二十世纪七八十年代，Danny Boy 和 Tea for Two 则是最近几年创作的作品。仔细对照这些分属不同时期的小说，或许可以发现，体现在白先勇《纽约客》中的创作立场，经历了一个从上个世纪的国族（中国）立场，到近年来的世界主义的变化过程。

《纽约客》中的六篇小说，活动场景都集中在纽约，但人物的历史不是和上海有瓜葛,就是和台北有牵连,仍然割不断和中国的联系。《谪仙记》和《谪仙怨》两篇作品中的主人公李彤和黄凤仪在上海时都是官宦人家的小姐,可是离开上海(台北)到了纽约,却不约而同地成了"谪仙",由天上的仙境(上海)到了落魄的人间(纽约),是她们共同的人生轨迹,在纽约她们或在自毁自弃中走向死亡,或在自甘堕落中沉沦挣扎。李彤和黄凤仪的身世巨变,固然由国内政治形势的天旋地转而来,可是在上海(台北)和纽约的城市对比中,作者似乎也隐隐然给我们一种暗示:对李彤和黄凤仪而言,上海的繁华是她们的,而纽约的热闹却与她们无关;她们在上海时是中国(蒙古)的"公主",到了纽约却变成了风尘女郎[1]。从上海到纽约,她们跨越的不仅是太平洋,更是天上人间的界限——在天上她们是主人,到了人间她们却成为消费品。《谪仙记》《谪仙怨》中的李彤和黄凤仪,在上海(代表中国、东方)和纽约(代表美国、西方)这两个大都市中不同的人生和命运,或许并不是偶然,如果联系同时代的吴汉魂在芝加哥(《芝加哥之死》)和依萍在纽约近郊安乐乡(《安乐乡的一日》)的人生境遇,不难看出,白先勇笔下的那个时代的中国人到了国外成为"世界人"的时候,他们的困境基本是一致的。

这也就是说,二十世纪六十年代的白先勇,在展示中国人走向世界的时候,是持了一种强烈的国族(中国)立场的,站在中国的角度看，那时候来到纽约（芝加哥）这样的美国大都会的中国人，遭遇的是一种放逐，一种谪仙，和一种人生的巨大落差。《台北人》中的钱夫人们从桂林、上海和南京来到台北，是国内政治斗争的结果，我们从中看到的是同一个国度中的不同人群（跟随国民党来台的一群）的命运；到了《纽约客》中的李彤们，她们从上海（台北）来到纽约，原因可能还是国内政治斗争的结果，可反映的却是同一种人群（中国人）在不同文化中的命运。因此，如果把白先勇在《台北人》中的立场，概括为站在失败者的一边，同情那些来台的大陆人的话，那么在《谪仙记》和《谪仙怨》中，他则站在中国人的立场，对在中西文化夹缝中失魂落魄、沉沦堕落的"谪仙"们，寄予了深深的悲悯。值得注意的是，当《谪仙记》中的李彤辗转在一个又一个外国男人之间，《谪仙怨》中的黄凤仪成为外国男人的性消费品的时候，其中的男女关系，已然隐含了"东方/女人/弱势出卖者"对"西方/男人/强势购买者"的二元对立框架，这使《谪仙记》和《谪仙怨》在某种意义上讲，成为二十世纪六十年代华文文学中最早隐含（暗合）文化殖民论述的两篇作品（李彤和黄凤仪象征了东方弱势文化，而西方男性则象征了西方强势文化，男性对女性的占有，也就带有了文化征服的意味），而白先勇对李彤和黄凤仪的深切悲悯，正体现出他的国族（中国）立场和东方意识。

发表于二十世纪七八十年代的《夜曲》和《骨灰》，是两篇政治意识强烈的作品。这两篇小说在反思中国人政治选择是否具有"正当性"的基础上，写出了二十世纪中国政治斗争所引发的人生的荒诞。《夜曲》写的是一群留学海外的中国人与祖国的关系和由此导致的不同命运，当初没来得及回国的吴振铎在国外事业有成，但爱情不幸（和美国犹太人最终分手），学成回国的吕芳、高宗汉、刘伟却在国内遭遇历次政治运动，最后高宗汉在"文革"中自杀，刘伟变得学会在险恶的政治环境下自我保护，吕芳则在"文革"后重返纽约。当吴振铎和吕芳这对恋人二十五年后在纽约重逢时，沧海桑田，物是人非，一切都已不同，吴振铎的异国婚姻，以失败告终，而当初吕芳等人"正确"的人生选择，二十五年后却因政治的动乱而显出了它的荒诞性——这种人生的荒诞性到了《骨灰》中变得更加令人触目惊心。当年一对表兄弟，一个是对国民党忠心耿耿的特工，一个是站在共产党一边的民主斗士，为了政治理想，斗得水火不容，可是多少年后，他们却在异国重新聚首，此时的特工，已遭国民党排挤，民主斗士，也在大陆成了"右派"，过去的政治对头，如今到了国外，才又恢复了温暖的亲情。对这些历劫之后还能幸存的老人来说，最深的感触是当初的政治斗争其实是白费了——在波谲难测的政治斗争中，他们都不是赢家，最后都没有好结果，最终只能流落异邦，在美国以度残年，乃至终老他乡。对于《夜曲》和《骨灰》中的吕芳、大伯和鼎立表伯来说，他们的人生磨难都跟政治相关，而对政治的醒悟却是以自己的一生为代价换来的。从中国到美国的路，对他们来说虽然不像李彤和黄凤仪那样是从"天上"落到人间，可是经历了政治斗争的炼狱，这段路无论如何走得实在不轻松，且代价惨重。

《夜曲》和《骨灰》在某种意义上讲是白先勇站在国族（中国）的立场，对中国现代历史中政党斗争的实质所做的反思。在这两篇小说中，白先勇深怀忧患意识：唯其对中国爱得深，才会对现代史上的中国惨遭政治的拨弄深感痛心；也唯其对中国人爱得深，他才会对吕芳及"我"的大伯、表伯他们最后都离开祖国，以美国为自己最后的人生归属地满怀无言之痛。这两篇作品连同前面的《谪仙记》和《谪仙怨》，看上去是在写"纽约客"[2]，其实倒是在写中国人——此时的"纽约客"只在"纽约的过客"或"纽约的客人"的意义上才能成立。

白先勇笔下真正的"纽约客"（纽约人）是最近几年创作的两篇小说 Danny Boy 和 Tea for Two 中的人物——这不仅是指这两部作品中的主人公不再以"过客"或"客人"的身份长居纽约，而是真正地对纽约有一种归属感，并且，作品中的人物也不再限于中国的"纽约客"，而有了外国纽约客（纽约人）的身影。Danny Boy 中的主人公云哥是个同性恋者，因为爱上了自己的学生，不容于社会，只好远走美国，来到纽约，在纽约放纵的结果是染上了艾滋病。就在云哥对人生彻底绝望之际，他却在照顾另一位因受强暴而染上艾滋病的患者丹尼的过程中，感受到了"一种奇异的感动"——这使他终于从欲的挣扎中升腾而出，生命重新充实，心灵得以净化。真正的"同病相怜"使云哥冲破了种族的界限，在一种宗教性的大爱中，寻找到了自己心灵的归属，在"救人—自救"中完成了自我的救赎。

在 Tea for Two 中，"我"是华人而"我"的恋人安弟是中美混血儿，东尼是中国人而他的爱人大伟是犹太人，珍珠是台山妹而她的伴侣百合是德州人，费南度是菲律宾人而他的"配偶"金诺是意大利裔美国人，这个集聚在"Tea for Two 欢乐吧"中由同性恋者组成的小社群，由于来自世界各地几乎可以构成一个小型联合国，就恋人间的真情和社群中的友谊而言，他们与异性恋社会其实没有什么差别。然而，八十年代中期出现的艾滋病"瘟疫"，使这些同性恋者深受其害，当大伟也染上艾滋病，决心和东尼同赴天国之际，这些同性恋者一起到他们的住处为他们送行，小说最后在幸存者们高唱 Tea for Two 的狂欢中结束。

Danny Boy 和 Tea for Two 这两篇小说有一个很明显的特征，就是小说所描写的内容已不再是单纯的中国世界，而具有了世界化的色彩，这不仅体现为小说名称的英文化，小说人物的联合国化，而且也是指这两篇作品所涉及的题材，同性恋和艾滋病，也是一个超越种族、国家和文化的世界性现象。Danny Boy 中云哥和丹尼的"相互扶持"，以及 Tea for Two 中东尼和大伟等人的相濡以沫，同生共死，无疑凸显了人类的一种共相：爱是不分性别和种族的，而艾滋病的蔓延，也不再是哪一个国家、哪一个民族的问题，而是我们人类今天必须面对的共同现实。小说向人们展示的是，在艾滋病面前，人类已经打破了性别、种族、国家和文化的心灵隔阂和区域界限，在一起共同承担和面对这一世界性的灾难。如果说在《谪仙记》和《谪仙怨》中，我们能从作品中感受到隐含的"中"、"西"（文化）不平等的事实，《夜曲》中吴振铎失败的婚姻，体现的是"中"、"西"（文化）的不和谐，那么在 Danny Boy 和 Tea for Two 中，小说展示的则是"中"、"西"（族群和文化）的融合（云哥对丹尼的照顾、众多同性恋"配偶"的构成，以及大伟和东尼家里中西合璧的家具布置，都说明了这一点），以及不分"中"、"西"（民族、国家）都承担了同样命运，"中"、"西"（整个世界）实际上已成为难以区隔的命运共同体。很显然，白先勇在这两篇作品中，一改他过去以国族（中国）立场来表现中国（人）社会、历史和政治的做法，而以一种世界性的眼光，将世界放在不分"中"、"西"的状态下，描写世界范围内的共同问题。这样的一种转变，对于白先勇来说，无疑是一次创作上的突破和质变。

于是，我们在《纽约客》中看到，白先勇的笔触，从表现中国人天上人间的"谪仙"，到中国人对政治的"觉悟"，再到中国人和外国人共同面对"瘟疫"，其间的变化转型，其实是在逐步深化和拓展自己的创作空间，而在这个过程中，他也从面对"中国人"时所持的国族（中国）立场（思考中国人的海外命运和中国人的政治历史），转而为面对"中国人+外国人"时采取不限于特定民族、国家和文化的世界主义眼光（思考人类不分种族性别文化的宗教大爱和必须面对的共同问题）——从中体现出的，是白先勇对人类的观察视野和包容心，愈见广阔。

《纽约客》的出版昭示出，白先勇笔下的人物，从桂林出发，经过上海、南京、香港、台北、芝加哥，终于停在了有大苹果之称的世界性都市纽约。与此同时，《纽约客》的出版也意味着白先勇的小说世界，已不只是展现中国（人）的人情历史、文化处境、政治动荡、精神世界，而有了众多外国人形象的融入，并且，*Danny Boy* 和 *Tea for Two* 这两篇小说对爱的涉及，也提升为一种超越种族、性别和文化的大爱，揭示的问题，也是整个人类共同面临的人间灾难。随着白先勇小说题材、人物和主题的"走向世界"，他观察世界的角度，也不只是站在国族（中国）的立场，而是具有了世界主义的高度——这对白先勇来说，应当是他创作上的一大丰富和扩张。

注
1. 李彤在读书时被美国视为"中国的皇帝公主",黄凤仪沦落风尘后"蒙古公主"成了她的招牌——这或许可以说明她有"公主"的气质,而她的行为和处境,事实上已成为高级的风尘女郎。
2. 《骨灰》的场景不在纽约而在三藩市,但其中的人物就其性格而言与《纽约客》无异,故而这里笼统称之。

对时代及文化的控诉

论白先勇新作《骨灰》

胡菊人

白先勇嘱我为他的《自选集续篇》写序，自是义不容辞。这部集子里的作品，大多数是在其他选本里出现过的，评论的人已经不少。唯独《骨灰》一篇，是他最新的作品，首刊于一九八六年十二月号《联合文学》，而《骨灰》可以论说的地方实在很多。戴天已在《信报》上，点中了它的主题（见代跋），但因为这是千字左右的专栏文章，未能畅所欲言，尽数发挥，给我留下了宽松的说话余地。

《骨灰》这篇小说，横跨的时空很大，将近五十年，涉及大陆、台湾与美国；从抗战时代、内战时代到分裂时代。可说是极之简洁的中华民族现代史的写照。这本来是长篇小说的题材，以这么简短的篇幅来笼罩之，可谓野心极大，但白先勇毕竟技巧非凡，像水墨大师一样寥寥几笔，即把中华民族近半世纪的悲剧，画龙点睛表现了出来，使我们感受到深重的历史叹息。

这是白先勇所有表现中华时代的短篇小说中，跨度最大的小说。除了表现人性悲剧的小说不算外，白先勇写中国时代悲剧的作品，四九年以后从大陆撤退到台湾的各类人物的盛衰兴替，从台湾流离到美国的中国人的悲剧，美国华裔两代人之间的文化断层等等，都没有这篇《骨灰》包容的时地那么广大。这个长篇题材之短篇制作，要有一种缩龙成寸的本领。而白先勇是怎样以短制御长篇的呢？

白先勇曾经说过，作小说首先要选取人物，因为人物就有故事，就有历史背景，就有时代性和代表性。人物选对了，就是成功的一半。另一半应该是选取叙事观点，叙事观点选对了，就又有另一半的成功机会。当然，这不是说文字不重要，对话不重要，情节推展（小说的节奏）不重要，象征、暗喻不重要，场景不重要……这些都是重要的，但若人物和叙事观点选得不对，这些其他因素的成功都只是片面的成功，但若人物和叙事观点选对了，同时又有这些重要的技巧来配合，就可能达到全面的成功。

而《骨灰》就像白先勇其他小说一样，达到全面的成功。

这个小说的故事背景是讲中国，而且小说的"点题"是要到上海安供父亲的骨灰。为什么场景却定在美国呢？这是先取人物使然。这两个主要人物，一个自大陆经台湾到美国，一个从大陆到美国，在大陆早年都风华正茂，豪气干云，但当年都为了"爱国"却彼此成了"敌人"，如今在异乡落得穷愁潦倒，有"同悲失路之叹"，有"相濡以沫之悲"，而都背着中国近数十年的灾难在身上，而又都与叙事者有亲戚关系，都发出"死无葬身之地"的浩叹。就是这两个人物的背景及故事，最足以代表中国近数十年的崎岖与坎坷，而这类人在美国又最恰以表示中国人"流离"之哀，可见选择人物来反映晚近中国的时代悲剧，是白先勇经过千思万虑而决定的。这一决定当然是适当的。

选取叙事观点又怎样呢？这篇小说中的叙事观点是这个眼睛看着、耳朵听着的人是谁？那是一个后辈，是两个主角大伯、表伯的"侄儿"。因为他们有亲戚关系，所以听长辈来讲当年的故事，乃特别有亲切感，而他是后辈，对这些惊心动魄的故事在似识未识之间，所以在亲切感当中又有某种客观的距离，这种距离反而能增加可信性，对读者更有说服力。

这篇小说叙事观点的选择，有个巧妙的窍门，便是既缩短距离又拉远距离，恰到好处。就像电影中镜头拉得准确，达到最适当的传达形象、感觉、感情的效果。

一般来说，第一人称的观点，是最近距离，是比较主观的，但小说中这个"我"齐生却是"客观的"，因为他一直在"旁听、旁观"，有拉远距离的作用；反而叙说当年故事的老人，表伯鼎立和大伯罗任重这两个"他"，成了主观者，代替了"我"的身份，又拉近了距离，白头宫女话天宝，无限的辛酸、委屈、沉痛，对自己数十年来的际遇一一申诉。这个"他"、"我"互换位置和功能的手法，是很值得我们欣赏的。

白先勇选取这两个人物，不光是因为他们饱经忧患，背负着近数十年中国变局的历史，而是他们的身份和际遇，有强烈的"反讽性"，而这种"反讽"，恰恰又是中国时代的反讽。一连串的错位，悲惨而可笑，壮烈而荒诞，是国共两党"革命"之争的写照。

大伯原是国民党的军官，是屡立战功的抗日英雄。抗日之外他也帮国民党杀共产党及大抓反国民党的"民主人士"，也抓过这位表弟，他说："你表哥这一生确实杀了不少人。从前我奉了萧先生的命令去杀人，并没有觉得什么不对，为了国家嘛。可是现在想想，到底都是中国人哪，而且还有不少青年男女呢。杀了那么些人，唉——我看也是白杀了。"

但这个国民党的忠贞分子，先是在抗战胜利后不肯同流合污去做"五子登科"的"劫收"勾当，被国民党同志诬陷，指他在坐伪政府的监狱时有"通敌"之嫌。后来到了台湾，"因为人事更替，大伯耿直固执的个性，不合时宜，起先是遭到排挤，后来被人诬告了一状，到外岛去坐了两年牢。……"

如今落得在旧金山摆个旧书摊，一身的病，穷愁末路，担虑着客死异乡无以为葬的悲哀。

表伯这个人又怎样呢？

他是知识分子、民主斗士，抗战胜利后目击国民党官员的贪污腐化,竟同情起共产党的支持者。

结果他帮忙却吃了大亏,如今两人流落异国,同病相怜,唏嘘叹息。在表侄这个后辈满心称赞民主人士当年勇敢的时候,他长长地吁一口气,说:"'民盟'后来很惨","我们彻底地失败了,一九五七年'反右','章罗反党联盟'的案子,把我们都卷了进去,全部打成了右派……"

在"反右"中他当然受尽折磨,但继而又来"文革",他说:"'文革'时候,我们的'五七干校'就在龙华,'龙华公墓'那里,我们把那些坟都铲平了,变成了农场。那是个老公墓,有的人家,祖宗三代都葬在那里,也统统给我们挖了出来——我的背,就是那时挖坟挖伤的——"

因此这两个人物的遭遇:他们所支持的政党反过来打击他们,个人所追求的理想达不到,他们各自向往的对国共的希望不但落了空,而且错了位,革命、战斗、救国,原来竟落得如此的一片"哈哈镜"的倒照:为之献身的竟是腐化堕落,失尽民心;为之呐喊的竟又专制独裁,不恤民命。所以大伯对表伯伸出手去,拍了他一下高耸的肩胛,"我们大家辛苦了一场,都白费了——"

"白费了!"三字,就是最大的反讽,不光是他们两人的"白费",而是整个时代、几次革命、无数中国人生命财产牺牲的"白费",作者要质问的是,你们统治者、革命者,究竟为中国人做了什么?

两个人物的控诉乃变成了作者的控诉，同时表达了革命的反讽、战斗的荒诞、理想的错位，是中国五十年历史的浓缩的写照。作者虽淡淡地道出，其实像具有深厚内功的大侠，缓缓一掌拍出，有摧山倒海的力量。

但是，作者的内力不曾及此而止，他升进了更深一层的境界：点出一个非常重要的中国文化特质之失落，表现中国文化的一个大悲剧。

说到中国文化，笔者要岔开一点，讲一下我对中西文化异同的看法，谈谈落叶归根、"狐死首丘"的中华意识。

这篇小说题名为"骨灰"，就是指明安葬是个主题。所以这篇小说其实有两个主题，一个是表现中华民族近半世纪的时代、革命、战争的荒谬，另一个就是对中国传统文化"落叶归根、入土为安"的乖离现象的控诉。

中国礼俗为什么这样重视"安葬"，是有儒家文化根源的。因为儒家文化无基督教的天国观念，天国观念对于死亡是讲"永生"的，已回到上帝身边、进入天堂，在地上已一无所有，但由肉身腐朽而变成灵魂之不朽，由于此观念，所以基督教虽亦重视安葬，但绝不如儒家思想熏陶下的中国人那样重视。

儒家思想特色之一是所谓"通幽明"，即在现世间的大地上，死者和生者似乎仍然相通。此事说来似不可解，但其实你想想，人都有死，各种宗教或哲学都要解决死后似不死的问题。基督讲"永生"，儒家文化的解决方式则是，要永远为后人追念，代代一脉相承。

这一方面的表现为族谱，有些可以上溯千多两千年。另一方面的表现为墓地、宗祠，墓地事前选好，或与祖先在同一处，而又要看风水，务要认为安葬于此可以使后代子孙昌盛。在宗祠里，列宗列祖都有牌位，好像仍然存在于宗族里一样。每年总有子孙扫墓和祭拜，死者必为后代长远记忆，怀念省思。因为有这种生死相通的连带关系，所以中国老人都非常希望安葬乡土故园，以求死得心安。

是以我们千万别像当年耶稣会教士或中国共产党一样，以为拜祭祖先仅仅为迷信，其实有文化根源。

白先勇深深明白这是一种中华文化传统精神，但给破坏了。在小说的结尾，白先勇着力描写了一场噩梦，是"文革"时期表伯（梦中错位为大伯）劳改铲掘公墓，"发狂似的在挖掘死人骨"，像"白森森的小山"，这一方面表示这种政策连死人都不能安，亦表示对中华文化主要特质之一的摧残。

叙事者齐生是要去上海，安供父亲的骨灰并接受中共为他父亲"平反"的仪式。他父亲被批判为"反动学术权威"、"反革命分子"、"里通外国"等等罪证，而死在劳改场上，骨灰一直找不到。这是中国传统风俗中最大的悲哀。深具讽刺性的是，当齐生这个"归国学人"为美国公司与中国做了三千多万美元的交易以及技术合作，骨灰也就找到了。并且要"平反"。

作者对摧残中华文化传统安葬礼俗的控诉,而以与大陆做生意才能找到父亲的骨灰,讽刺是很有力的。齐生及他哥哥对父亲骨灰这么重视,正是中国传统文化意识的表现,而交通大学因为齐生是美籍华人带来"合作利益"才当找骨灰是一回事,表现了对中华文化的乖离之外,也暴露了只重功利的本质。

至于两个老人,都央求侄子为他料理后事,而有死无葬身之地的慨叹。一个说:"一把火烧成灰,统统撒到海里去,任它漂到大陆也好,漂到台湾也好——千万莫把我葬在美国!"

一个说:"你从中国回来,可不可以带我到处去看看。我想在纽约好好找一块地,也不必太讲究,普通一点的也行,只要干净就好——"

也就是说都回不了家乡,都失落了"落叶归根"的文化传统。时代的残酷、历史的乖离,使当年各为理想效忠的老人落得晚景无落脚处,象征着中国人的流离,中国文化的飘零,说明中华民族近五十年是一场荒谬的悲剧。

由这篇小说,可见白先勇以非常沉痛的心情看这段历史,他对中华文化的承担精神、对中华民族的忧患意识,都一一表露无遗。同时技巧非凡,细致到连一句诗词的引用(如"此身虽在堪惊"[1])都与主题及人物相配得天衣无缝,其他技巧的高超也不及细说。总之,白先勇是一位令我们赞叹佩服的中国小说家。

注

1. 此为陈与义在宋室南渡大悲剧、大流离之后所作。全词云：

忆昔午桥桥上饮，座中多是豪英。长沟流月去无声。杏花疏影里，吹笛到天明。二十余年如一梦，此身虽在堪惊！闲登小阁看新晴。古今多少事，渔唱起三更。

时代的大变动，以及"二十余年如一梦，此身虽在堪惊"，表达两位老人尤其是大伯的际遇都非常适合。

跨越与救赎

论白先勇的 *Danny Boy*

刘 俊

二〇〇一年十二月,《中外文学》第三十卷第七期刊登了一篇白先勇的短篇小说 *Danny Boy*,在这篇小说中,作者向我们"讲述"了一个患了艾滋病的同性恋者的故事。同性恋者在白先勇的笔下并不是新近出现的人物形象,事实上在白先勇的小说创作中,同性恋者的身影可以说伴随始终,从早期的容哥儿(《玉卿嫂》)[1]、吴钟英(《月梦》)、画家(《青春》),杨云峰(《寂寞的十七岁》)、玫宝(《上摩天楼去》),到后来的"我"(《孤恋花》)、教主(《满天里亮晶晶的星星》),再到《孽子》中的李青、吴敏、小玉、王夔龙、杨教头,一个又一个同性恋者的相继登场,共同构成了白先勇小说世界中的同性恋人物系列——这是白先勇小说中最丰富多彩、生动复杂的人物形象系列之一。不同于以往只是展示同性恋者的生活形态、心理感受以及为他们在道德、情感和伦理上的生存合法性进行艺术化的诉求，Danny Boy 呈现的是同性恋者中的特殊群落——患有艾滋病的同性恋者。这样的同性恋形象是白先勇以往的小说中所没有的，"同性恋"与"艾滋病"是两个具有高度敏感性的字眼，塑造出一个集这两者于一身的人物形象，白先勇究竟要告诉我们什么呢？

一、主题探讨

小说的主人公云哥可以说自幼不幸——父亲在他还没有出世就已离开人间，母亲在他出生后就远嫁日本，他过继到叔叔家，过着寄人篱下的生活，"云哥很识相，他谨守本分，退隐到家庭一角，默默埋首于他的学业"。孤寂的云哥在中学时就"立志要当中学老师"，最后如愿以偿，师范大学英文系毕业后，到 C 中教书，他那单身宿舍墙壁上挂满一排的奖状足以证明：云哥是位深受学生敬爱的模范老师。

然而这是云哥人生的外在形态和轨迹，在他的内心深处，他还有一个难与人言的世界——他是一个同性恋者，社会对教师的道德化形塑和他性向形态（同性恋）与世俗道德的不兼容性所形成的巨大张力，令云哥的内心一直遭受着痛苦的煎熬。也许是在寻找自己童年时的影子吧，云哥的爱总是倾注在那些落寞孤单、敏感内向的"大孩子"身上，这种"说不出口的爱"使他陷于永无尽头的痛楚而难以自拔——"那是一种把人煎熬得骨枯髓尽的执迷"，一方面是内心"邪火的焚烧"，另一方面是全力掩护内心的隐秘，"绝对不会让任何人察觉半点我内心的翻搅掀腾"，这样长期的撕扯挣扎终于导致了云哥的崩溃，对K示爱所引发的"吴老师精神错乱"的判断，最终使云哥模范老师的形象毁于一旦，并从此离开学校，远赴异国。

在异国，云哥既没有教师身份的道德化约束，也脱离了熟悉环境的笼罩，长期压抑着的欲望得到了充分的释放：

> 到了晚间，回到六十九街的公寓阁楼里，我便急不待等地穿上夜行衣，投身到曼哈顿那些棋盘似的大街小巷，跟随着那些三五成群的夜猎者，一条街、一条街追逐下去，我们在格林威治村捉迷藏似的追来追去，追到深夜，追到凌晨——

云哥"在往下直线坠落，就如同卷进了大海的漩涡，身不由己地淹没下去"，欲望放纵的结果是染上了HIV，为了逃避艾滋病发的可怕结局，云哥曾服药自杀，自杀失败后，云哥"在绝望的深渊中，竟遇见了我曾渴盼一生、我的Danny Boy"。

Danny Boy原为一首爱尔兰民歌，是一位律师为他早逝的儿子所写，这首歌的歌词情感深挚、哀切动人，旋律则忧郁感伤、凄婉缠绵，一经传唱，风行欧美，并常常成为葬礼上表达对逝去亲人哀思的保留曲目——这使它事实上具有了一种挽歌的性质。小说中云哥遇到的 *Danny Boy* 是个名叫丹尼（Danny O'Donnell）的艾滋病患者，在照顾丹尼的过程中，云哥不但找到了灵魂升华的动力，同时也获得了心灵安生的归宿。如果说过去的云哥是被情欲牵扯着骚动不安、备受煎熬的话，那么此时的云哥却有了一种涅槃后再生的精神宁静——他实现了从"肉"的焦躁向"灵"的静谧跨越。

"灵肉之争"原本是白先勇小说的一个基本主题，在以往的"白先勇的小说世界中，灵与肉之间的张力与扯力，极端强烈，两方彼此撕斗，全然没有妥协的余地"[2]，可是在 *Danny Boy* 中，"灵"与"肉"的关系已不再停留在"彼此撕斗,全然没有妥协"的层面，而是从"灵肉冲突"进化为"灵"战胜"肉"。不是把"灵"与"肉"作为两个对立因素放在同一个平面上进行单纯的"灵肉之争"的呈现，而是在"灵肉之争"的铺垫之后，更注重对"肉"向"灵"的跨越以及这种跨越后幸福和喜悦的表现——这是白先勇在 *Danny Boy* 中对"灵肉之争"主题的丰富和深化。

其实"跨越"在 *Danny Boy* 中,并不仅体现为云哥从"肉"向"灵"的跨越,对云哥而言,"跨越"在小说中至少可以涵盖这样几个方面的内容：从"灵肉冲突"向"肉的放纵"的跨越；从"肉的放纵"向"灵的升华"的跨越；从"一般同性恋者"向"患有艾滋病的同性恋者"的跨越；从"孤独"

向"敞开胸怀帮助别人"的跨越；从"凡人"向"有宗教情感"的跨越；从"生"向"死"的跨越。对于小说中的另一个重要人物韶华，"跨越"则意味着她对云哥认识的深入（从"不知"云哥是同性恋者到"知"）和对艾滋病患者的包容接纳（"我在床边跪了下来，倚着床沿开始祈祷，为云哥、为他的 Danny Boy，还有那些千千万万被这场瘟疫夺去生命的亡魂念诵一遍'圣母经'"）。对于整个小说而言，"跨越"则是指"非艾滋病患者"和"非同性恋世界"对"艾滋病患者"和"同性恋世界"偏见的消除和彼此的沟通（在小说中通过修女玫瑰玛丽和韶华来体现）。因此，从某种意义上讲，"跨越"不但是小说 Danny Boy 情节发展的动力，同时它也是这篇小说的基本内核。在所有的这些"跨越"中，有两个"跨越"最为重要——云哥从"肉的放纵"向"灵的升华"的跨越和"非艾滋病患者""非同性恋世界"向"关爱艾滋病患者""理解同性恋世界"的跨越——正是这两个"跨越"构成了小说 Danny Boy 主题的一个方面。对于前者，小说通过云哥对丹尼的照顾来表现；对于后者，则以修女玫瑰玛丽参与看护艾滋病患者（包括同性恋者）和韶华为死去的所有艾滋病患者（包括同性恋者）祈祷来展示。

"'香提之家'是一个 AIDS 病患的互助组织，宗旨是由病情轻者看护病情重者，轮到自己病重时，好有人照顾"，云哥在这里帮助的丹尼，由于年幼无知，犯法坐牢，在牢里被强暴后染上艾滋病,得病后他被家庭抛弃,连圣诞节想回家也遭拒绝,"他们坚决不让我回家,怕我把 AIDS 传染给我弟弟妹妹"。面对这样一个身染沉疴、惨遭家庭弃绝的"孤独者",云哥的"痛惜之情竟不能自已",仿佛看到了那些他为之心动的孩子们"好像一下子又都回来了,回来而且得了绝症垂垂待毙,在等着我的慰抚和救援",正是在对丹尼的照顾中,云哥感受到了"一种奇异的感动",甚至"我那早已烧成灰烬的残余生命,竟又开始闪闪冒出火苗来"——Danny Boy 让云哥在精神上升华了,复活了,云哥的生命从此变得充实而又富有意义。

"肉"向"灵"的跨越,在云哥是通过"帮人"(救人)来实现的,如同"香提之家"的宗旨所寓示的那样,云哥在那里帮人(救人),其实也是在帮自己(自救),拯救别人之路也就是自己灵魂的净化之路——因而也就是自我救赎之路。精神的大爱代替了过去的情欲之爱和肉欲追逐,在小说中,精神大爱具体化为"同病相怜":

> 我让他将一只手臂勾着我的脖子,两人互相扶持着,踉踉跄跄,蹭入了浴室……折腾了半天,我才替丹尼将身体洗干净,两人扶持着,又踉跄走回房中。

这种"扶持"虽然"踉跄",却使云哥从孤绝中走出,有了"一生中最充实的十四天"。"香提之家"的存在和云哥的"扶持"不但使丹尼有了"家"的感觉,也使云哥终于找到了自己灵魂的"家"。而更为重要的是,在上面这幅温馨的"扶持"图中,其隐含的寓意除了云哥自身"救人—自救"的救赎意味,其实还暗示着人类"救人—自救"的救赎之路:"同性恋者"和"艾滋病患者"也是我们人类的成员,对他们,"非同性恋者"和"非艾滋病患者"如果能跨越偏见,理解并帮助(救护)他们,那将是一幕感人至深的图景,也是人类更加理性、更加人性的标志,因为,帮助(救护)他们,也是在帮助(救护)我们人类自己。小说中,这种人类的"救人—自救"之路是通过修女玫瑰玛丽和韶华的行为(沟通、理解、包容、接纳、照看、祈祷)来表现的——它和云哥的"救人—自救"一起构成双重的"救人—自救"形态,而这一形态正构成了小说 *Danny Boy* 主题的另一个方面。

二、艺术分析

在 *Danny Boy* 中,遗留有白先勇在以往作品中运用过的一些艺术手法,如借助"时间"和"死亡"来表现人之脆弱;在映衬和对比中刻画人物和推动情节;通过隐喻和象征使作品具有"写实"和"寓言"双重品格;以书信体的方式进行人物的内心独白;叙述语言形象生动富有感染力;在人物命名上灌注意义；以戏（歌）点题等。然而，在继续使用这些艺术手法的同时，白先勇在 *Danny Boy* 中还进行了一些新的艺术尝试，在艺术形态上有所创新，这些创新主要体现在如下几个方面：

（1）以两个"独白体"的"对话"形式构成小说的总体框架和基本形态。*Danny Boy* 这篇小说，由两部分组成，前一部分为云哥去世前写给韶华的一封信，后一部分是云哥去世后韶华对云哥的回忆，这两部分均是"自说自话"的"独白"，它们在物理的时空形态上相互独立，在属性上也分属两个不同的世界——前者属于"同性恋者"、"死者"；后者属于"非同性恋者"、"生者"。然而，在精神、心灵和情感层面，作者却将这两个各不相属的"独白"部分进行了互渗和交融，云哥的信是写给韶华的，因此他"独白"的对象是韶华——一个在性向形态上不同于他的亲人（异性恋的堂妹），他能向她"独白"，说明他是信任她的，也相信她能理解自己；韶华则是在面对云哥旧居的时候进行思绪的"独白"，她"独白"的对象是自己——她回忆了他记忆中的云哥，在韶华的印象中，"云哥是个受过伤的人"，因此她对云哥，一直有一份不忍之心，对于云哥的去世，韶华在痛心之余，也为他在生命的最后一刻"不再感到孤独与寂寞"而欣慰。这样的"独白"，在倾诉与云哥的交往和对云哥的深情的同时，充分表明韶华是挚爱着云哥的（而不论他是不是"同性恋者"和"艾滋病患者"），"理解的同情"使韶华在小说的最后为云哥（以及与云哥一样死于艾滋病的所有人）祈祷。至此，两个不同时空、不同世界的"独白"实现了跨越生死、性向（以及由此延伸出的道德、伦理）的"沟通"。以"独白"的形式书写"对话"，让外在的不相干与内里的信赖、理解和包容形成交流和互动，这样的小说设计，无疑使 Danny Boy 在"内"、"外"形态上形成了巨大的反差，产生了极强的艺术效果。

（2）"虚实重叠"和"形体互证"的综合运用。"虚实重叠"指的是"虚"（象征）"实"（写实）两种手法互相叠加，"形体互证"则是指"形"（形式）和"体"（内容）之间互相说明。在小说 Danny Boy 中，一些看似写实的地方，其实已含有了象征的意味。比如下面这一段：

> 不知为什么，韶华，我看到修女玫瑰玛丽穿上白衣天使的制服时，我就想到你，虽然她的身子要比你大上一倍，可是她照顾病人时，一双温柔的眼睛透出来的那种不忍的神情，你也有。我记得那次到医院去探望你，你正在全神贯注替一位垂死的癌症病人按摩她的腹部，替她减轻疼痛。我看见你的眼睛噙着闪闪的泪光。

这段话看上去是在客观叙事，可是处处充满象征：修女的宗教身份加上宗教里的天使传说，使得玫瑰玛丽与天使之间有了某一种内在的联系，她和身为护士（有"白衣天使"之称）的韶华共同具有的对病人的温柔、不忍，正是"爱所有一切人"的大爱精神的体现，圣洁而又慈悲的玫瑰玛丽和韶华，正可以被视为是将爱带给人间的天使的象征。此外，像前面提到的云哥与丹尼之间的"扶持"，丹尼父母不让他"回家"而"香提之家"对他的接纳，以及云哥把 *Danny Boy*（丹尼）"洗干净"并让他在自己的"怀"里咽下最后一口气；大伟对云哥的"陪"伴，都可以从"写实"的背后，看到"象征"的意味。

如果说"虚实重叠"的手法在白先勇的其他小说中也曾经运用过的话，那么将这种手法与"形体互证"结合起来综合运用的作品就不多见了——*Danny Boy* 是这两种手法综合运用的成功范例，前面已经分析过，这篇小说的主题是"跨越与救赎"（体），而在表现这一主题时，却"以'独白'写'对话'"（形）为基本格局，原本互不相干的"独白"能够跨界形成"对话"，正是对"跨越"（以及"跨越"之后实现"救赎"）主题的形式层面的"说明"，反过来，"跨越与救赎"主题（体）的主观安排和现实可能，也为"以'独白'写'对话'"（形）的设计提供了前提。这种以"形"衬"体"、以"体"带"形"、"形""体"互证的手法，使得内容（体）就是形式（形），形式（形）即为内容（体），内容（体）形式（形）融为一体，再穿插、交织以"虚实重叠"手法，令 Danny Boy 在表现形态上更加繁富，更加圆熟。

（3）以"复调"方式丰富小说的内涵。这里的"复调"是指作者在 Danny Boy 这篇小说中一直内隐着"明"、"暗"两条线，两条线"里"应"外"合，形成复调，小说中"明"的一条线是指对歌曲 Danny Boy 的借用和对"宗教"的一再指涉，"暗"的一条线则是指在歌曲 Danny Boy 和"宗教"背后内蕴着的"所指"内涵。由于 Danny Boy 这篇小说以歌曲 Danny Boy 命名，而云哥照顾的 Danny O'Donnell（丹尼），其 Danny 的名字、爱尔兰人的身份与爱尔兰民歌 Danny Boy 之间隐含着的对应，最终使他成了云哥的 Danny Boy，因此 Danny Boy 这首歌就成了结构这篇小说的一个核心枢纽，而作品对"宗教"看似无意实则有心的始终贯穿（修女、天使、教堂、上帝、教徒、忏悔、祈祷、"圣母经"等与"宗教"有关的"因素"忽隐忽现地在小说中一直延续着），以及"救赎"意旨的着意倾注（"救赎"一词原本就源自宗教），也使"宗教"的存在成为整合小说的重要联结。在某种意义上讲，歌曲 Danny Boy 和"宗教"的共同作用，勾联起了这篇小说所有的重要因素。

歌曲 Danny Boy 和"宗教"在小说中的出现是"明"的，"暗"地里，Danny Boy 和"宗教"还有着属于它们自己的"内容"。Danny Boy 这首歌原本就包含着父亲对儿子的深厚感情，而当这种爱与死亡联接在一起时，爱就更具锥心之痛——由是，隐含在歌曲 Danny Boy 之中的"生死两隔的父子之爱"，以及它常在葬礼上传唱的挽歌性质，就成了 Danny Boy 的"典故"，而这"典故"又正与云哥和丹尼的情感、关系相暗合：云哥与丹尼的情感、关系，如同父子；云哥对丹尼的爱，也正与死亡和追悼相联接，这样，每当小说中"明"的出现 Danny Boy 的时候，如同"用典"一般，它"暗"里包容着的"生死两隔的父子之爱"就同构地寓示出云哥与丹尼的情感、关系，而 Danny Boy 的挽歌性质，也实际暗含着这篇以 Danny Boy 命名的小说其实是一首哀悼所有艾滋亡魂的挽歌，是一首唱给所有因艾滋而离开这个世界的悲苦灵魂的安魂曲。同样，"宗教"内里上帝与子民间的"大爱精神和互爱关系"以及由宗教而生的"救赎努力"，也使"宗教"因素在"明"的出现时，即"暗"中同构地呈现在云哥、玫瑰玛丽、韶华、大伟等人（推而广之体现在艾滋病患者对艾滋病患者、非艾滋病患者对艾滋病患者、同性恋者对同性恋者、非同性恋者对同性恋者）的身上。由于歌曲 Danny Boy 和"宗教"是结构小说的两大要素，因此其"明"、"暗"之间的复调无疑使 Danny Boy 这篇小说的内涵更加丰富和扩大，也隐然使小说在总体结构上具有了一种复调的性质。

　　Danny Boy 中"明"、"暗"两条线的复调形态，与白先勇以前作品中使用过的"对比"手法有一定的相似性，不同在于,"复调"重在"明""暗"呼应,含蓄映衬;"对比"则突出"明""暗"对照,坦然呈现。相对于后者而言,"复调"方式要来得更加富有艺术性。

从总体上看,Danny Boy 无论是在主题的深化还是在艺术的创新上,都显现出白先勇努力超越以往创作的努力:塑造新的同性恋者形象,在"灵—肉冲突"的基础上进而表现"肉—灵跨越",全面代入"宗教"精神,设计种种新的表现手法,是白先勇在 Danny Boy 中提供的"新质"。这些"新质"的介入,无疑使白先勇的小说世界更加精彩、更加丰富。

《文讯》
二〇〇三年二月号

注
1. 参见夏志清《白先勇早期的短篇小说:〈寂寞的十七岁·代序〉》,《寂寞的十七岁》,远景出版社,一九七七年三月版。
2. 欧阳子:《王谢堂前的燕子——〈台北人〉的研析与索隐》,尔雅出版社,一九七六年版,第18页。

白先勇年表

一九三七年

　　七月十一日生于广西南宁,不足周岁迁回故乡桂林,是年抗战开始。

一九四三年

　　就读桂林中山小学一年级。

一九四四年

　　逃难重庆,因患肺病辍学。

一九四六年

　　抗战胜利后,随家人赴南京、上海,居上海虹桥路养病两年。

一九四八年

迁居上海毕勋路（今汾阳路），复学就读徐家汇南洋模范小学，是年底离开上海。

一九四九年

暂居汉口、广州，离开中国大陆赴香港。

一九五〇至五二年

在香港就读九龙塘小学，后入英语学校喇沙书院（La Salle College）念初中。

一九五二年

赴台湾与父母团聚。

就读台北建国中学，首次投稿《野风》杂志。

一九五六年

入成功大学水利系，在报章发表散文。

一九五七年

转考台湾大学外文系。

一九五八年

首次在《文学杂志》五卷一期发表《金大奶奶》。

一九五九年

《入院》刊《文学杂志》五卷五期,后改篇名为《我们看菊花去》。

《闷雷》刊《笔汇》革新号一卷六期。

一九六〇年

与级友欧阳子、王文兴、陈若曦等人创办《现代文学》,为台湾六十年代最有影响力之文学杂志。

《月梦》刊《现代文学》第一期。

《玉卿嫂》刊《现代文学》第一期。

《黑虹》刊《现代文学》第二期。

一九六一年

《小阳春》刊《现代文学》第六期。

《青春》刊《现代文学》第七期。

《藏在裤袋里的手》刊《现代文学》第八期。

《寂寞的十七岁》刊《现代文学》第十一期。

《金大奶奶》由殷张兰熙译成英文,收入她所编之 *New Voices*(Taipei: Heritage Press, 1961)。

台湾大学毕业,服役军训一年半。

一九六二年

《毕业》(即《那晚的月光》)刊《现代文学》第十二期。

《玉卿嫂》由殷张兰熙译成英文,收入吴鲁芹所编之 New Chinese Writing (Taipei : Heritage Press, 1962)。

一九六三年

母亲病逝,赴美留学,入爱荷华大学(University of Iowa)"作家工作室"(Writer's Workshop)。

一九六四年

《芝加哥之死》刊《现代文学》第十九期。

《上摩天楼去》刊《现代文学》第二十期。

《香港——一九六〇》刊《现代文学》第二十一期。

《安乐乡的一日》刊《现代文学》第二十二期。

一九六五年

获硕士学位,赴加州大学圣芭芭拉分校(University of California, Santa Barbara)任教中国语文。

《火岛之行》刊《现代文学》第二十三期。

《永远的尹雪艳》——《台北人》首篇,刊《现代文学》第二十四期。

《谪仙记》——《纽约客》首篇,刊《现代文学》第二十五期。

《香港——一九六〇》自译为英文发表于 *Literature : East & West* VI IX No.4。

一九六六年

《一把青》刊《现代文学》第二十九期。

《游园惊梦》刊《现代文学》第三十期。

父亲病逝,返台奔丧。

一九六七年

《岁除》刊《现代文学》第三十二期。

《梁父吟》刊《现代文学》第三十三期。

《谪仙记》短篇小说集出版,文星书店印行。

一九六八年

《金大班的最后一夜》刊《现代文学》第三十四期。

出版《游园惊梦》短篇小说集,仙人掌出版社发行。

一九六九年

《那片血一般红的杜鹃花》刊《现代文学》第三十六期。

《思旧赋》刊《现代文学》第三十七期。

《谪仙怨》刊《现代文学》第三十七期。

《满天里亮晶晶的星星》刊《现代文学》第三十八期。

一九七〇年

《孤恋花》刊《现代文学》第四十期。

《冬夜》刊《现代文学》第四十一期。

《花桥荣记》刊《现代文学》第四十二期。

一九七一年

《秋思》刊《中国时报》。

《国葬》刊《现代文学》第四十三期。

《谪仙记》由夏志清及作者译成英文,收入夏志清所编 Twentieth-Century Chinese Stories (Columbia University Press, New York and London, 1971)。

与七弟先敬创办晨钟出版社,出版文学书籍一百余种。

出版《台北人》短篇小说集,晨钟出版社印行。

一九七三年

《现代文学》创刊十三年共五十一期,因经费困难而暂停刊。

升副教授,获终身教职。

一九七五年

《永远的尹雪艳》由 Katherine Carlitz 和 Anthony Yu 合译成英文。

《岁除》，由 Diana Granat 译成英文。

上两篇同载于 *Renditions* No. 5 Autumn 1975（The Chinese University of Hong Kong）。

《花桥荣记》《冬夜》由朱立民译成英文，载于《中国现代文学选集》。*An Anthology of Contemporary Chinese Literature, Taiwan : 1949-1974*, VI. 2, Short Stories（Taipei, National Institute for Compilation and Translation, 1975）。

一九七六年

《冬夜》由 John Kwan-Terry 和 Stephen Lacey 译成英文，载于刘绍铭所编 *Chinese Stories From Taiwan : 1960-1970*（New York, Columbia University Press, 1975）。

欧阳子著《王谢堂前的燕子——〈台北人〉的研析与索隐》出版，尔雅出版社印行。

《寂寞的十七岁》小说集出版，远景出版公司印行。

一九七七年

《现代文学》复刊。

长篇小说《孽子》开始连载于《现代文学》复刊号第一期。

"The Short Stories of Pai Hsien-yung（1937-   ）", by Bess

Man-ying lp,M.A. thesis, University of Auckland, New Zealand.

"Western Influence in the Works of Pai Hsien-yung", by Susan McFadden, M.A. thesis, University of Indiana.

一九七八年

《孽子》继续连载。

《台北人》韩文版出版,许世旭译,收于"世界文学全集"第七十九集,三省出版社。

"Der Schriftsteller Pai Hsien-yung

I'm Spiegel Seiner Kurzgeschichts 'Staatsbegräbnis'"

M.A. Thesis by Alexander Papenberg, University of Heidelberg, Germany

《蓦然回首》散文集出版,尔雅出版社印行。

一九七九年

《夜曲》刊《中国时报》"人间"副刊。

《永远的尹雪艳》刊于北京《当代》杂志创刊号,此为首篇发表于中国大陆的台湾小说。

一九八〇年

《白先勇小说选》出版,王晋民编选,广西人民出版社印行。

《游园惊梦》英译刊香港大学《译丛》第十四期,作者与

Patia Yasin 合译。

一九八一年

《孽子》由新加坡南洋商报全本连载完毕。

升正教授。

一九八二年

出版《游园惊梦》剧本,远景出版公司印行。

出版《台北人》英译 Wandering in the Garden, Waking from a Dream,University of Indiana 出版,作者及 Patia Yasin 合译,乔志高编。

《白先勇短篇小说选》出版,福建人民出版社印行。

小说《游园惊梦》由作者改编成舞台剧,在台北"国父纪念馆"演出十场,盛况空前。

一九八三年

出版长篇小说《孽子》,远景出版公司印行。

新版《台北人》出版,尔雅出版社印行。

一九八四年

《金大班的最后一夜》《玉卿嫂》改编电影上演。

出版散文集《明星咖啡馆》,皇冠出版社印行。

一九八五年

《金大班的最后一夜》《玉卿嫂》电影剧本出版，远景出版公司印行。

《孤恋花》改编电影上演。

被加州大学圣芭芭拉分部选为"年度教授"（Professor of the Year）。

《台北人》简体字版出版，北京中国友谊出版公司。

一九八六年

《孽子》改编电影上演。

Einsam Mit Siebzehn 德译《寂寞的十七岁》短篇小说集出版，Wolf Baus，Susanne Etti 译，Diederichs 印行。

《玉卿嫂》由舒巧改编舞剧在香港上演。

一九八七年

赴上海复旦大学讲学，阔别三十九年首次重返中国大陆。

Enfance à Guilin 法译《玉卿嫂》出版，Francis Marcge，Kong Rao Yu 译，Alinea 印行。

《白先勇自选集》出版，香港华汉出版事业公司印行。

《骨灰》（自选集续篇）出版，香港华汉出版事业公司印行。

《孽子》简体字版出版，黑龙江北方文艺出版社印行。

"Short Story Cycle as a Genre : A Comparative Study of Tales of

Taipei Characters and Dublines", by Chang Shuei-may, M.A. thesis, Tamkang University, Taipei, 1987.

一九八八年

《游园惊梦》舞台剧在广州、上海演出,由广州话剧团、上海昆剧团、上海戏剧学院等联合演出。同年此剧又赴香港演出。

《孽子》,北京人民文学出版社出版。

《第六只手指》,散文、杂文、论文集出版,香港华汉出版事业公司印行。

一九八九年

《寂寞的十七岁》,短篇小说集改由允晨出版公司出版发行。

《孽子》,改由允晨出版公司出版发行。

《最后的贵族》电影上演,改自《谪仙记》,谢晋导演,上海电影制片厂摄制。

一九九〇年

《最后的贵族》在东京上演。

《最后の贵族》,日译《谪仙记》等短篇小说集出版,东京德间书店印行。

Crystal Boys,《孽子》英译本出版,Howard Goldblatt(葛浩文)译,Gay Sunshine Press 印行。

一九九一年

《白先勇论》出版,北京中国社会科学院文学研究所袁良骏教授著,尔雅出版社印行。

《孤恋花》短篇小说集出版,北京中国文联出版社印行。

"Imago Cycle and History in Pai Hsien-yung's Taipei Jen" M.A. thesis by Steven Reid, UCLA.

一九九二年

《现代文学》杂志一至五十一期重刊,现文出版社出版,诚品书店发行,《现文因缘》同时出版。

《白先勇传》出版,广州中山大学王晋民著,香港华汉出版公司印行,并由台北幼狮文艺出版社同步出版。

《台北人》出版,北京人民文学出版社印行。

一九九三年

《永远的尹雪艳》短篇小说集出版,武汉长江文艺出版社印行。

四十九年后重返故乡桂林。

一九九四年

《生命情节的反思——白先勇小说主题思想之研究》,林幸谦著,台北麦田出版社出版。

提前退休。

一九九五年

九月，新编《第六只手指》出版，尔雅出版社印行。

《悲悯情怀——白先勇评传》出版，刘俊著，尔雅出版社印行。

法译《孽子》出版，*Garçons de Cristal*，André Levy 译，Flammarion 出版。

德译《孽子》出版，*Treffpunkt Lotossee*，Bruno Gmünder 出版。

一九九六年

《白先勇自选集》出版，广东花城出版社印行。《台北人》法文版出版，*Gens de Taipei*，André Levy 译，Flammarion 出版。

一九九七年

《玉卿嫂》改编电视剧上演。加州大学圣芭芭拉分部图书馆成立"白先勇资料特别收藏"档案。其中包括白先勇手稿。

哈佛大学上演《孽子》改编英文剧，公演七场。由哈佛、波士顿及其他大学学生联合演出，John Weistein 改编执导。

《那片血一般红的杜鹃花》译成荷兰文，收入 *Made in Taiwan* 选集，译者 Vertaling Anne Sytske Keijser。

一九九八年

《花桥荣记》改编拍成电影。

一九九九年

《台北人》入选文建会及联合报主办"台湾文学经典"。

发表散文《树犹如此》纪念亡友王国祥。

香港《亚洲周刊》遴选"二十世纪中文小说一百强",《台北人》名列第七。前六名分别为鲁迅《呐喊》、沈从文《边城》、老舍《骆驼祥子》、张爱玲《传奇》、钱锺书《围城》、茅盾《子夜》。

上海文艺出版社出版"白先勇自选集"——《寂寞的十七岁》《台北人》《孽子》三册。

上海文汇出版社出版"白先勇散文集"——《蓦然回首》《第六只手指》两册。

北京人民文学出版社选"百年百种优秀中国文学图书",《台北人》入选。

《金大班的最后一夜》由山口守译成日文,收入《台北物语》短篇小说集,国书刊行会印行。

《花桥荣记》《一把青》译成意大利文,译者 Alfonso Contanza,发表于 *Encuen-tros en Catay* No. 13 辅仁大学。

二〇〇〇年

广东花城出版社出版"白先勇文集"五册,《寂寞的十七岁》《台北人》《孽子》《第六只手指》《游园惊梦》,其中《台北人》并附欧阳子之《王谢堂前的燕子》。

香港中文大学出版社出版《台北人》中英文对照本 *Taipei People*。

台北春晖国际影业公司拍摄电视传记《永远的〈台北人〉》。

香港电台电视部（RTHK）拍摄"杰出华人系列"电视传记《白先勇》。

广东汕头大学召开"白先勇作品研讨会"。

应"日本台湾学会"邀请为该年年会主讲人，在东京大学宣读论文《六十年代台湾文学——"现代"与"乡土"》，由池上贞子译成日文，刊登于《日本台湾学会报》第三号。

北京作家出版社出版《台北人》。

二〇〇一年

香港迪志文化出版《游园惊梦二十年》。

《中外文学》三十卷第二期刊出"永远的白先勇"专号。

应法国国家图书馆邀请，往巴黎参加"中国文学的'现代性'"研讨会，发表论文《二十世纪中叶台湾的"现代主义"文学运动》。

《游园惊梦》译成捷克文，收入 *Ranni Jasmin* 选集。

二〇〇二年

二月，《树犹如此》出版，联合文学出版社印行。

二月，典藏版《台北人》出版，尔雅出版社印行。

香港天地图书公司出版《昔我往矣——白先勇自选集》。

《中外文学》发表短篇小说 *Danny Boy*。

《孽子》由"公共电视"改编为二十集连续剧。

应香港岭南大学之邀，担任"胡永辉杰出访问学人讲座"主讲人，发表系列演讲：《文化教育——反思与愿景》《中国人表"情"的方式——以古典诗词为例》。

应香港大学及香港政府中华文化促进中心之邀，发表四场昆曲讲座，以《昆曲中的男欢女爱》为题，并由苏州昆剧院青年演员示范演出，观众满席，反应热烈。

应台北市文化局之邀，为驻市作家，举办《游园惊梦》演出二十周年纪念座谈，当年参与"游剧"工作者聚集于中山堂光复厅，叙旧感怀，场面温馨感人。

二〇〇三年

《孽子》由"公共电视"改编为二十集连续剧在八点档播出，反应空前强烈，剧组并受邀至台湾大学等十多所大学巡回放映、座谈。

《联合报》副刊及允晨文化合办《孽子》研讨会。

《联合报》副刊举办《孽子》"白先勇文学周"，发表短篇小说 Tea for Two。

获"国家文艺基金会"所颁文学奖。

二〇〇四年

返台全力投入昆曲经典《牡丹亭》制作演出，四月底五月初青春版《牡丹亭》台北首演，造成昆曲界历年来最大轰动，同年往香港、苏州、杭州、北京、上海演出。场场爆满，启动两岸三地昆曲复兴的契机。

策划出版《姹紫嫣红牡丹亭》（台北远流出版社），同步出版大陆版（广西师范大学出版社）；《白先勇谈昆曲》（台北联经出版社），大陆版（广西师范大学出版社）；《牡丹还魂》（台北时报文化出版公司），大陆版（上海文汇出版社）；《青春·念想》（广西师范大学出版社）。

北京作家协会首届文学节，当选"北京作家最喜爱之海外华语作家"，并获颁"海外华语作家奖"。

因制作青春版《牡丹亭》，被中国大陆媒体选为年度十大最有贡献之文化工作者。

二〇〇五年

青春版《牡丹亭》在中国大陆著名大学北大、南开、复旦、南京大学等八所校园巡演，受到广大青年学子热烈欢迎，影响面扩大，使中国大陆大学生对中国传统文化、古典美学，启蒙了新的看法，被称为青春版《牡丹亭》的文化现象。

十二月，青春版《牡丹亭》再度来台，仍然满座。

策划《姹紫嫣红开遍》《曲高和众》《惊梦·寻梦·圆梦》，由台北天下文化出版公司印行。

《孽子》意大利文版出版。

二〇〇六年

九月十一日至十月十日,青春版《牡丹亭》赴美国西岸加州大学四大校区:伯克利、尔湾、洛杉矶、圣芭芭拉联合公演十二场,场场爆满,盛况空前,美国艺文界评定此次演出为自一九二九年梅兰芳赴美巡演后,中国戏曲古典美学在美国造成的最大一次冲击。

《孽子》荷兰文版出版。

《孽子》日文版出版。

策划《圆梦》出版(广东花城出版社)。

二〇〇七年

五月十一至十三日青春版《牡丹亭》在北京展览馆剧场隆重上演第一百场,造成百场满座纪录,并在北京故宫博物院建福宫举行盛大庆功宴。

七月二十日,《纽约客》出版(尔雅出版社)。

八月七日,《联合报》第十版全版刊出"相对论"专刊,由记者王盛弘、赖素铃、梁玉芳联合记述《知交三十五年——白先勇、齐邦媛文学不了情》。

十二月,刘俊撰写《情与美——白先勇传》出版(台北时报文化出版公司)。

二〇〇八年

四月,青春版《牡丹亭》校园巡回至武汉大学、中国科学技术大学（合肥），师生观赏人数达两万。

五月三日至五日，加州大学圣芭芭拉分校召开"台湾现代主义与白先勇"国际会议，作家聂华苓、施叔青、张系国、李渝、朱天文、舞鹤及多位学者参加。

《台北人》日文版出版，译者山口守，国书刊行会发行。

六月三日至八日，青春版《牡丹亭》赴英国伦敦演出两轮六场，白先勇在牛津大学、伦敦大学亚非学院作两场演讲。英国各大报好评如潮，英国学术界文化界为之倾倒，英国观众反应热烈。十一至十三日，青春版《牡丹亭》参加雅典艺术节演出，希腊观众反应空前。

九月，"白先勇作品集"十二册由台北天下文化出版。

九月二十至二十二日，台湾大学台湾文学研究所主办"白先勇文学国际学术研讨会"，邀请文化界名人开讲。

十月，台湾大学文学院所设立之"白先勇文学讲座"开讲，首讲由瑞典皇家学院马悦然教授担纲。此讲座由趋势科技公司赞助。

十月七日至十八日，政治大学台湾文学研究所召开"白先勇的文学与艺术国际学术研讨会"。

十一月，香港大学昆曲研究发展中心主办"昆曲教育与传承"，白先勇策划，上海昆剧团、苏州昆剧院青年演员赴港示范演出。由何鸿毅家族基金会赞助。

二〇〇九年

五月，青春版《牡丹亭》赴新加坡演出，反应热烈。

六月，白先勇策划，苏州昆剧院赴台，在"国家戏剧院"首演四场新版《玉簪记》，场场爆满。由何鸿毅家族基金会赞助。

白先勇总策划《色胆包天玉簪记》，由台北天下文化出版公司出版。

十一月，与北京大学文化产业研究院合作，启动"北京大学白先勇昆曲传承计划"，开教"经典昆曲欣赏"课程。由北京可口可乐公司赞助。

十二月，于北京大学百周年纪念讲堂三度公演青春版《牡丹亭》，新版《玉簪记》在北京首演，一万多张票售罄。

获颁香港中文大学"荣誉文学博士"。

二〇一〇年

三月，在北京大学讲授"经典昆曲欣赏"课程《从汤显祖〈牡丹亭〉到青春版〈牡丹亭〉》，自一九九四年退休以来，首次在大学正式授课。

三月，新版《玉簪记》应香港艺术节之邀，在香港文化中心演出两场，反应热烈。

五月，青春版《牡丹亭》三度在上海演出，新版《玉簪记》在上海首演，演出地点为上海东方艺术中心，每场满座。

五月，与苏州大学合作，启动"苏州大学白先勇昆曲传承计划",设立"昆曲欣赏"课程。由美华石化公司赞助。

十月,精装典藏版"白先勇作品系列"——《寂寞的十七岁》《台北人》《纽约客》《孽子》,由广西师范大学出版社出版。

二〇一一年

十一月,《树犹如此》散文集出版,广西师范大学出版社。

十一月十二日至十二月十日,"姹紫嫣红开遍——迷影惊梦新视觉"昆曲专题展览在北京国家大剧院开展,展品精选自二〇〇四年以来白先勇青春版《牡丹亭》和新版《玉簪记》台前幕后的演出视觉记录作品。

十二月八日至十日,昆曲青春版《牡丹亭》在北京国家大剧院作第二百场纪念演出。

二〇一二年

四月,编著《父亲与民国——白崇禧将军身影集》(上、下),时报文化出版公司出版。

五月,《白崇禧将军身影集》(上、下),广西师范大学出版社出版。

二〇一三年

三月,《白崇禧将军身影集》,再由广西师范大学出版社推出增订精装珍藏版。

十月,《台北人》(Taipei People)汉英对照版出版,广西师范大学出版社。

二〇一四年

三月,与廖彦博合著《止痛疗伤——白崇禧将军与二二八》出版,时报文化出版企业股份有限公司。

六月,《止痛疗伤——白崇禧将军与二二八》,香港天地图书有限公司出版。

九月,欧阳子著《王谢堂前的燕子——白先勇〈台北人〉的研析与索隐》出版,广西师范大学出版社。

十一月,广西桂林成立"白先勇研究中心"。

二〇一五年

一月,"白先勇作品系列"《寂寞的十七岁》《台北人》《纽约客》《孽子》再版,广西师范大学出版社。

三月,于北京大学发布新书《关键十六天——白崇禧将军与二二八》(与廖彦博合著),广西师范大学出版社。

三月,于台湾大学开设"白先勇昆曲之美讲座"通识课程,担任主讲人。

《十年辛苦不寻常——我的昆曲之旅》连载于《联合报》副刊。

三月,《牡丹情缘——白先勇的昆曲之旅》纸本书与电子书同时出版,时报文化出版公司。

四月，庆祝青春版《牡丹亭》十周年，推出一系列活动。一日至三日，于台北中山堂演出；十八日、二十五日举行"十年辛苦不寻常——青春版《牡丹亭》幕前幕后""瞬间之美——青春版《牡丹亭》摄影故事"讲座；十五日至二十七日，长年跟随拍摄青春版《牡丹亭》剧照的摄影师许培鸿于诚品书店（敦南店）举行"拾年如画——许培鸿创作摄影展"。

五月，出席《关键十六天——父亲与二二八》纪录片首映会。本片由白先勇监制，熊乃兴导演，廖彦博编剧。

与廖彦博合著《止痛疗伤十关键十六天——白崇禧将军与二二八》（纪录片珍藏版）出版，台北时报文化出版公司。

十月，白先勇主讲《红楼梦》导读一（十六片DVD十一本手册）出版，台湾大学出版中心。

《游大观园》连载于《联合报》副刊。

十二月，与余光中一同获颁"二等景星勋章"。

十二月，获颁"全球华文文学星云奖"贡献奖。

十二月十九日起，《一把青》（选自《台北人》）由曹瑞原执导，在"公共电视"播出，为费时三年始完成的华人文学剧旗舰之作。

十二月二十四日至二十五日，在《联合报》副刊发表短篇小说 *Silent Light*，成为《纽约客》组曲之第七个篇章。

十二月，"他们在岛屿写作"纪录片《姹紫嫣红开遍——白先勇》上映，由目宿媒体股份有限公司策划制作，邓勇星导演。

二〇一六年

一月,《昔我往矣》出版,中华书局。

二月,白先勇主讲《红楼梦》导读二(十三片 DVD 十一本手册)出版,台湾大学出版中心。

于台北书展,以"一齐游大观园——红楼梦导读"为题演讲。

二月,获颁澳门大学荣誉文学博士。

四月,陈均编《牡丹情缘——白先勇的昆曲之旅》出版,北京商务印书馆。

五月,白先勇主讲《红楼梦》导读三(十六片 DVD 十一本手册)出版,台湾大学出版中心。

七月,白先勇编《现文因缘》纸本书与电子书同时出版,联经出版公司。

七月,《白先勇细说红楼梦》纸本书与电子书同时出版,时报文化出版公司。

七月,由台湾图书馆、财团法人赵廷箴文教基金会与时报文化出版公司联合举办"新书发表会暨白先勇教授八十岁生日会"。

十一月,白先勇主讲《昆曲之美——音乐与表演艺术》(六片 DVD 十一本手册)出版,台湾大学出版中心。

二〇一七年

二月,《白先勇细说红楼梦》出版,广西师范大学出版社。

三月,"白先勇八十大寿生日会暨《白先勇细说红楼梦》新书发布会"在北京国家大剧院举行。

三月,《白先勇细说红楼梦》获评"中国好书"。

六月,获马来西亚《星洲日报》"花踪世界华文文学奖"。

七月,受希腊艺术节邀请,青春版《牡丹亭》于希腊雅典阿迪库斯露天剧场演出。

八月,短篇小说 Slient Night 获"第十一届上海文学奖"。

二〇一八年

《拯救尤三姐的贞操》连载于《联合报》副刊。

担任由台北市政府文化局主办、《文讯》杂志社承办之"二〇一八台北文学季"代言人。

四月,获颁"第二十八届上海白玉兰戏剧表演艺术奖特殊贡献奖"。

四月,《白先勇细说红楼梦》精装增订版出版,时报文化出版公司。

七月,《正本清源说红楼》纸本书与电子书同时出版,时报文化出版公司。

获"第五届郁达夫小说奖短篇小说奖"。

发表《旧情难忘——江青的往事追忆录〈回望〉》于《联合报》副刊。

特邀校园版《牡丹亭》团队至香港中文大学,校园版《牡丹亭》京港联合汇演,于香港中文大学邵逸夫堂演出,由白先勇亲自导赏。

二〇一九年

一月，散文集《八千里路云和月》出版，联合文学出版社。

一月，《一个人的"文艺复兴"》出版，广西师范大学出版社。

一月，《仰不愧天》出版，广东人民出版社。

"二〇一九 TIFA 台湾国际艺术节——白先勇昆曲新版系列"《白罗衫》《潘金莲》《玉簪记》于台北"两厅院"戏剧院演出。

由台积电文教基金会主办"台积电经典传承飨宴——白先勇昆曲新版系列"于台中歌剧院、新竹县政府文化局巡回演出。

二月二十四日，接受 TVBS"广告牌人物"节目主持人方念华访谈。

发表《纪念柯庆明——一个勇敢的理想主义者》于《联合报》副刊。

四月，《我的"寻根记"》出版，广西师范大学出版社。

四月，《正本清源说红楼》出版，广西师范大学出版社。

七月，《文学不死》出版，译林出版社。

发表《戏中戏——〈红楼梦〉中戏曲的点题巧用》于《文讯》第四〇七期。

发表《一曲难忘》于《联合报》副刊。

越南文版《孽子》出版。

二〇二〇年

一月，《白先勇的文艺复兴》出版，联合文学出版社。

二月,《红楼梦幻——红楼梦的神话结构》(与奚淞合著)出版,联合文学出版社。

九月,《悲欢离合四十年——白崇禧与蒋介石》出版(与廖彦博合著),分为三册,上册"北伐·抗战",中册"内战",下册"台湾岁月",时报文化出版公司。

九月,精装版《孽子》出版,允晨文化公司。

二〇二一年

《台北人》出版五十周年,天外飞来何华《〈台北人〉总也不老》文稿一部,真是老天送来的礼物。特于七月二十日尔雅四十六周年庆出版,在疫情笼罩的苦闷年代,唯有闭门读书也算是抵抗苦闷心情的一种精神疗愈。

十月三十日,《台北人》五十周年精装典藏版白先勇序《只是当时已惘然》发表于《联合报》副刊。

十一月一日,《台北人》五十周年精装典藏版,尔雅出版社印行。

十二月十一日至十二日,"说不完的白先勇"研讨会在台北举办,汇集王德威、杨照、李瑞腾、谢世宗、朱天文、杨小滨等海内外知名学者、作家,共同重读五十岁的《台北人》,发掘白先勇小说在时间检视下愈发闪耀的文学价值与历史意义。

二〇二二年

一月十五日,"相约北京,遇见江南"苏州文化艺术展示周,精品剧目青春版《牡丹亭》亮相北京，为冬奥会展现多面的城市文化氛围。

六月五日，受台北书展邀请，两场座谈会"红的艳，白的雪——白先勇谈《台北人》的情与愁""《孽子》舞台剧二〇二〇全纪录"在台北举办。

九月十七日至十八日，"传承与传播——青春版《牡丹亭》与昆曲复兴"国际学术研讨会由东南大学与南京大学白先勇文化基金联合，以线上线下相结合的方式举办。

十二月四日，林青霞新著《青霞小品》出版，与林青霞在台北图书馆对谈"文学的修行与热情"。

十二月十八日，允晨文化四十周年庆，"白先勇《孽子》舞台剧二〇二〇全记录讲座"在台北举办。

南京大学白先勇文化基金"博士文库"丛书第一本《联合副刊文学生产与传播研究》（李光辉博士著）、第二本《白先勇小说的翻译模式研究》（宋仕振博士著），由天津人民出版社出版。

二〇二三年

四月，《白先勇典藏集》出版，汇齐短篇小说集《台北人》《纽约客》《寂寞的十七岁》，长篇小说《孽子》，以及散文集《树犹如此》，附有文学年表、旧影照片、新增篇目，一函五册白先勇代表作。